堤中納言物語を楽しむ

半澤トシ

東京図書出版

はじめに

本書は、読者の皆さんと共に『堤中納言物語』を楽しく読みたいと思い、書いたものです。少しでも楽しく読むために、ヒントになることや理解するためのお手伝いができたらうれしいです。『堤中納言物語』には十篇の短編物語が含まれています。その一つ一つの短編物語は、特別なつながりはなく各々独立して、珠玉の美しさ、個性を放っています。よく読むと楽しく面白くて味わい深く、意外な結末に驚いたり、いいなあと思ってしまう作品に出会うでしょう。これらの短編物語は、それぞれ成立年代も作者も違います。当時の読者たちは、回し読みや書写をして作品に触れ、仲間たちと読後感などを語り合い、楽しんだことでしょう。ある人は、自分も書けるかもしれない、書いてみようと思い、書いてみた人もいたことでしょう。実際、平安中期から鎌倉初期にかけて多くの短編物語が作られたと思われます。しかしその多くは作られ一時流布されても、ほとんど散逸してしまい、現在残っていません。わずかに残った貴重な一部がこの『堤中納言物語』の十篇の短編物語である、ということができます。

なお、最後の短編物語『よしなしごと』の後に、中途で筆を折ったと思われる短い未完の文章（断章）があります。題名もないので、本書では原文以下鑑賞、検討を省略させていただきました。

一、世界の短編小説

世界文学の中で、短編小説はどのような位置にあり、どのような作品がこれまで生まれてきたかを簡単に眺めてみたいと思います。そもそもの起源は、文学の誕生に通じるもので、口承・語り伝えで伝説・説話やおとぎ話が語り継がれ、文字が生まれて記録されたものです。そこに芸術的な創作意識が芽生え、叙事詩として成立したものと言えます。短編の『イソップ物語』は紀元前六世紀ごろ書かれたものと言われています。その後短編集としては、アラビア語で書かれた『千夜一夜物語』があります。これは、ペルシアから周辺諸民族の説話が集められ、十二世紀ごろ成立したと言われています。そのころからヨーロッパでは民衆の文学が発展し、同時に誰にでもわかる短編小説が作られ好まれるようになりました。十九世紀に入ると、ドイツのグリム兄弟、ロシアのチェーホフ、アメリカのオー・ヘンリーやポー、フランスのモーパッサン、イギリスのマンスフィールド等多くの短編小説作家による作品が生まれました。各々人生の一こまを鋭く切り取ったものや、ユーモアあふれる語り口で意表をつく結末であったり、きらりと光る文章にうっとりさせられたり、読者の人生までも考えさせられる作品等、珠玉の名短編がそろっています。

二、日本の短編物語

日本の場合、最古の物語とされるのが、十世紀初頭に作られた『竹取物語』です。それから五十年ぐらい経ったころ少しずつ増補され、現在の形にまとまったのが、歌物語の『伊勢物語』であると言われています。『伊勢物語』は一二五の章段から成り、在原業平の一代記風にまとめられています。そして各々の章段は、歌にまつわる一つの短編物語にもなっています。その後十一世紀初頭、紫式部による『源氏物語』が誕生。世界最古の日本の誇るべき長編物語です。五十四帖から成り、主に前半では光源氏の生涯、後半では薫の生涯をたどっています。この作品も各巻が短編小説的で、独立性、孤立性を保ち、『源氏物語』全体を短編小説の積み重ねのように見ることができます。

『源氏物語』が当時の多くの貴族たちに親しまれ、宮中や貴族たちに仕える女房たちも回し読みをしたり書写をしたりして、物語の世界に夢中になりました。一部の女房たちは、自分も書いてみたいと思ったに違いありません。その半世紀前に成立した『かげろふ日記』には、初瀬詣での折「かもの物語」に出てくる家に思いをめぐらす場面が記されており、そのころすでに様々な物語が存在したことがわかります。特に短編物語は数多く作られ、そのほとんどは散逸し、今に残っておりません。ただ、様々な人たちが関わり集められた説話集は、『今昔物語集』として残っています。また、ある人が手元に存在した十篇の短編物語を、後々まで残す自衛手段として、『堤中納言物語』と名づけてひとまとめにしておいたために、その十篇の短編物語は散逸せずに済み、現在も読んで楽しむことができるのです。その中には十一世紀末ごろ作られた数少ない貴重な作品も含まれます。

説話の収集ではなく、『堤中納言物語』のように個人の作った短編物語集が、十一世紀末ごろにはすでに日本に存在していたということは、世界を見回しても類をみません。そのような意味でも『堤中納言物語』は世界文学史上貴重な存在です。

その後、貴族の没落から武士の台頭、末法思想の影響もあり、文学の世界も変わってきました。一般民衆にも親しまれるようになり、読み易い短編物語が数多く作られました。室町時代の『御伽草子』、これから派生して作られた『仮名草子』は、江戸時代になってから女性や子供たちにも広く親しまれました。

庶民文化最盛期の江戸時代になると、浮世草子や読本といった長編物語が数多く生まれ、中でも上田秋成の『雨月物語』は、読本でありながら九篇の短編物語から成っています。意識的に面白さや迫真力のある効果を考えた怪異物語となっています。

明治以降になり、新しい西欧文明にも触れることとなり、新しい作家が次々と誕生しました。その中でも樋口一葉、泉鏡花、森鷗外、続いて国木田独歩、田山花袋、志賀直哉等がおります。大正から昭和にかけては、芥川龍之介、太宰治などが短編小説、宮澤賢治が短編童話を数多く生み出しました。中でも近代短編小説の先駆けとなったのが、樋口一葉という女性の作品であったということは、注目すべきです。

三、『堤中納言物語』について

1　題名

十篇の短編物語と一篇の断章から成る『堤中納言物語』という書物の表題は、なぜそう呼ばれるのか定説はいまだ見出されていません。『鑑賞日本古典文学堤中納言物語』（角川書店）総説によると、

○作者が堤中納言兼輔であるから、という説。この説は現在完全

否定されている。

○『異本堤中納言物語』（『小夜衣』物語の別名）と混同し、十篇の物語の総称としてつけられたと考えられた。

○勧修寺家には「堤」と号した人物が数人おり、能書家で短編物語の絵巻を作成してひとまとめにして保存していた。その総称と考えられた。

○短編物語をひとまとめにして包んだ「つつみ」の物語が「堤」となり、様々な説を経て「堤中納言」へと題名が成長したと考える説。現在のところ有力視されている。

そのほかにもいくつか説がありますが、一括して包んで、物語の「つつみ」と表に書いて保存したという説が納得できるように思います。

2　十篇の短編物語の題名・作者・成立

次に各物語について、現在知られていることや推定されることを記しておきます。

『花桜折る中将』

『風葉和歌集』の「散る花を」の歌の詞書の中に「花桜折る中将」とあるので、この物語の題名としても通用していたと思われます。そして『風葉和歌集』（一二七一年成立）以前の作ということになります。また『赤染衛門集』の歌の詞書に「はなさくらといふものがたり」とあります。これがこの物語と同じではないかと考えると、この物語が作られたのは赤染衛門（九六〇年前後生）と同時代か、それ以前かもしれません。作者もあきらかではありません。

『このついで』

二つ目の挿話の中の「いとふ身は」の歌が『和泉式部続集』にある二つの歌を引き歌にしていると考えられ、この物語の成立は和泉式部以後のことであろうと思われます。また、三つ目の挿話に「障子の紙のあな」とありますが、紙の明かり障子が用いられるようになったのは、平安時代末期からです。この物語の成立はそのころと思われます。

作者は、当時宮中に仕えていた女性かと思われますが、不明です。

『虫めづる姫君』

平安時代後半、藤原道長の子孫で藤原宗輔という太政大臣にまでなった方がおりました。彼は蜂を好んで飼っていたことが知られています。彼の母は、堀河左大臣俊房の娘で、俊房はまた按察《あぜ》使《ち》大納言でもあったので、按察使大納言の娘であったということになります。この周辺に『虫めづる姫君』のモデルになった方がいたのではないかと言われています。そしてこの作者もその周辺で見聞きした人かもしれません。

『ほどほどの懸想』

本文中にある歌「ひとすぢに」が「ほどほどのけさう式部卿宮姫君侍従」の歌として『風葉和歌集』に載っているので、それ以前の作品には間違いありません。また歌の端に「知らずばいかに」と書いてある場面がありますが、これは『拾遺和歌集』巻十二恋二　と『信明集』に載っている歌なので、それ以降に作られたものでしょう。作者に関しては、モデル説もあるので白河帝のころ、式部卿の宮敦賢親王の姫君敦子内親王の周辺の人物ではないか、ともいわれています。詳しくは不明です。

『逢坂越えぬ権中納言』

『堤中納言物語』十篇の物語の中で唯一作者のわかる作品です。『新編国歌大観第五巻』歌合編所収「六条齋院歌合」（天喜三年）によると、六条齋院（後朱雀院の皇女、禖子内親王）家で催された歌合（天喜三年五月三日庚申）に、「題　物語」として、「『あふさかこえぬ権中納言』こしきぶ」と物語名・作者名が載っています。小式部については諸説あって定まっていません。有力視されているのは、藤原道長の娘嬉子の乳母・従三位源隆子です。この方は、紀伊守源致時の娘で、道長の家司藤原泰通の妻、泰憲の母で小式部と呼ばれていました。作者は小式部、成立時期は天喜三(一〇五五)年ごろということになります。

『貝　合』

平安時代の貝合《かいあわせ》というのは、物合《ものあわせ》の一種で、立派な貝を持ち寄り、貝の形や色、大きさや種類の多さ等を競う遊びです。後の時代の貝覆《かいおおい》とは違います。貝合の記録は、長久元（一〇四〇）年五月六日、斎宮良子内親王の貝合があります。伊勢で行われ斎宮良子内親王は当時十二歳だったそうです。短編物語『貝合』の成立は、それほど遠くないそれ以後のことだと思われます。作者は、当時良子内親王などに仕えていた女房であろうという説が有力だと思われます。

『思はぬ方にとまりする少将』

成立・作者共に不明です。ただ、文中に「『いつまで』とのみ詠《なが》められ給ふに」という文があり、これは『狭衣物語』巻四の「いつまでと知らぬながめの庭たづみうたかたあはで我ぞ消ぬべき」という歌を引き歌とする説があります。そうすると『狭衣物語』より少し後年の作と思われます。堀河帝・鳥羽帝のころです。作者は当時の文才ある女房で、『狭衣物語』を読み和歌の知識もある人だったのでしょう。

『花々のをんな子』

題名・成立・作者については、どれも推測の域を出ていません。詳しくは本書の『花々のをんな子』「鑑賞の楽しみ」をご覧ください。登場人物のモデル説から見て、おそらく長保二（一〇〇〇）年秋ごろ書かれたものと思われます。作者は、四条太皇太后宮諟子に仕えた主殿という女房であろうという説があります。

『はい墨』

『風葉和歌集』に『はい墨』の中の歌一首が載っているので、『風葉和歌集』（一二七一年）成立以前の作だろうと思われます。作者はまったくわかりません。おそらく男性の作だろうと推測する人もいます。

『よしなしごと』

題名は、本文の末尾に「徒然に侍るままに、よしなき事ども書きつくるなり」とあるので、そこから来ていると思われます。作者については、かなりの知識人と思われ、和歌や仏教・神道等にも詳しい人で、男性と推測できますが、詳らかではありません。成立時期は、奥書に「元中二年三月書写」とある書写本があるので、一三八五年南北朝時代以前の成立と思われます。

四、本書の利用について

1　現代語訳

本書には『堤中納言物語』の十篇の短編物語が載っています。まずは、それぞれの短編物語を読んでいただきたいと思います。楽しく読んでいただくために、わかりやすい現代語訳になるよう心掛けました。古来の言葉に親しんでいただきたいものには、ふりがな（ルビ）をつけました。

2　本文

『堤中納言物語』十篇の物語の本文です。十冊本になっている桂宮御本二本の中の一本を底本に用いた、角川文庫『堤中納言物語』に拠っています。下段に載せました。現代語訳と比較したり、古来使われた日本語の文章を味わってみてください。

3　鑑賞の楽しみ

物語の鑑賞は、読者の自由に任されます。このような読み方をしなければならない、あのような読み方はおかしい、してはいけない、などと言われることもありますが、そんなことはないのです。読者が読んで感じたこと、面白いと思ったこと、別の文学作品のイメージや文章を思い浮かべたこと、過去の事実や知識に関係していると感じたこと等、読者が素直に思い至ったことがあれば、それはすべて間違いではないということができます。このような読者の鑑賞力があれば、より良く読書の面白さ、楽しさを得たといえるでしょう。より深く広い知識があれば、面白いと気がつくこともより多くあるかもしれません。しかし、ありのままの今の読者自身が面白いと思ったことがあれば、それで十分楽しく読んだ、鑑賞できたといえるでしょう。その物語や小説の面白さ、良さ、特徴、時には風刺に、読者は無意識のうちに気づいて楽しんでいるのです。他の読者が、どんなところに面白みを感じて読んだかを知って、より多くの読書の楽しさを知ることもあります。

『堤中納言物語』に収められている十篇の短編物語を各々楽しく読むのも、同様です。それぞれの物語を読んで気づくことがあれば、それがその物語の面白さの発見につながります。今回本書では、各々十篇の作品を楽しくわかりやすく読むための手助けとして、「解説」の代わりに「構想」と「連想」の二つの項目を立てて、作品を鑑賞しようと思います。「構想」では、作品の内容や組み立てを把握しながら、面白いと感じたこと、納得できたことなど、筋立てにも注目して一つの例として挙げてみたいと思います。「連想」では、他の作品の一部を思い起こす場面やよく知られた和歌などを連想する場面、そのようなところがあれば様々なイメージが重なり、深みのある新たなイメージの発展につながります。そしてより一層楽しく思われ、短編物語なのに読者の頭の中では、その後の行く末まで想像してしまいます。そのような所の一例を示して、読者の皆さんに楽しんでいただけたら嬉しいです。あとは皆さんの想像力を自由に膨らませてください。

目　次

花桜折る中将

花桜折る中将

　月の明るい光にだまされて、中将《ちゅうじょう》はまだ夜の深いうちに女の家を出てしまいましたが、いつもと違う早帰りに女はどう思っただろうと不憫に思いましたが、引き返すのも遠い道のりなので、ぶらぶらと帰途についたのでした。途中まだ早いので、いつも通る小家《こいえ》も寝静まっていつもの物音も聞こえません。月影さやかな中、あちこちの満開の桜が空と一体となり、霞と見まごうほどです。今通り過ぎてきた家々の桜よりも美しく、立ち去りがたい気がして、中将は歌を詠みました。

　　そなたへと行きもやられず花桜にほふ木かげに立ちよられつつ
　　（そちらの方へ行くこともできません。あまりに美しいこの桜に心ひかれて）

と口ずさんで、「そういえば、以前この家に言い交わした女がいたなあ」と思い出して、そのまま立ちつくしていると、荒れた土塀《どべい》の崩れから白い衣を着た者が、ひどく咳き込みながら外に出てきたようです。

　この住まいは気の毒なほど荒れて、人けもない所なので、

原文

　月にはかられて、夜《よ》深く起きにけるも、思ふらむ所いとほしけれど、立ち帰らむも遠きほどなれば、やうやう行くに、小家《こいへ》などに例音《れいおと》なふものも聞えず。隈《くま》なき月に、ところどころの花の木どもも、ひとつにまがひぬべく霞みたり。今少し、過ぎて見つる所よりもおもしろく、過ぎがたき心地《ここち》して、

　　そなたへと行きもやられず花桜《はなざくら》
　　　にほふ木《こ》かげに立ちよられつつ

とうち誦《ずん》じて、「早く、ここに物言ひし人あり」と思ひ出でて、立ち休《やす》らふに、築地《ついぢ》の崩《くづ》れより、白きもののいたう咳《しはぶ》きつつ出《い》づめり。

　あはれげに荒れ、人げなき処なれば、ここかしこのぞけど、咎《とが》むる人なし。この、ありつる者のかへるを呼びて、

「ここに住み給ひし人は、いまだおはすや。『やま人に、物聞えむといふ人あり』と、ものせよ」

といへば、

「その御方《かた》は、ここにはおはしまさず、何とかいふ処になむ住ませ給ふ」

と聞えつれば、

「あはれの事や。尼《あま》などにやなりたるらむ」

と、後《うしろ》めたくて、

「かの光遠《みつとほ》に逢《あ》はじや」

など、ほほゑみて宣《のたま》ふほどに、妻戸《つまど》をやはら掻《か》い放《はな》つ音すなり。

　をのこども少しやりて、透垣《すいがい》のつらなるむら薄《すすき》の繁《しげ》きもとに隠れて見れば、

「少納言の君こそ。明《あ》けやしぬらむ。出でて見給へ」

といふ。よき程なる童《わらは》の、様体《やうだい》をかしげなる、いたく、しなえ過ぎて、宿直姿《とのゐすがた》なる、蘇芳《すはう》にやあらむ、艶《つや》やかなる衵《あこめ》に、うちすきたる髪《かみ》の裾《すそ》、

あちこち覗き込んでも、とがめる人もいません。先ほどの白い衣を着た者が、家の中にもどるのを呼び止めて、

「ここに住んでおられた方は、今もおいでですか。この山里にお住まいの方にごあいさつ申し上げたいと言う人がいると、取り次いでください」

と言うと、

「そのお方は、ここにはいらっしゃいません。なんとかいう所にお住まいです」

と申し上げたので、中将は、「かわいそうですねえ。尼さんにでもなったのだろうか」

と気になって、

「あの光遠には会わないのかい」

と、おっしゃっているうちに、家の妻戸《つまど》をそっと開け放つ音が聞こえてきました。

　供の男たちを少し先に帰してその家に入り、中将は透垣《すいがい》のそばの薄《すすき》の茂みのもとに隠れて見ていると、

「少納言《しょうなごん》の君《きみ》さん、もう夜が明けてしまったかしら。外に出てみてごらんなさい」

と言う人がいます。ちょうどよい年恰好の女童《めのわらわ》で、姿かたちのかわいらしく、着慣れてよれよれの宿直姿《とのいすがた》で、蘇《す》芳色《おういろ》だろうか、つややかな光沢《こうたく》の袙《あこめ》を着て、櫛《くし》のよく通っ

小袿《こうちぎ》に映《は》えて、なまめかし。月の明き方《かた》に、扇《あふぎ》をさしかくして、「月と花とを」と口ずさみて、花の方へ歩み来《く》るに、驚かさまほしけれど、暫《しば》し見れば、おとなしき人の、

「季光《すゑみつ》は、などか今まで起きぬぞ。弁の君こそ。ここなりつる。参り給へ」

と言ふは、物へ詣づるなるべし。ありつる童は、留《と》まるなるべし。

「侘《わび》しくこそおぼゆれ。さばれ、唯《ただ》、御供に参りて、近からむ所に居て、御社《みやしろ》へは参らじ」

など云へば、「物ぐるほしや」などいふ。

　皆、仕立てて、五六人ぞある。おるる程もいと悩《なやま》しげに、これぞ主《しゅう》なるらむと見ゆるを、よく見れば、衣《きぬ》脱ぎかけたる様体《やうだい》、ささやかに、いみじう児《こ》めいたり。物言ひたるも、らうたきものの、ゆゑゆゑしく聞ゆ。「うれしくも見つるかな」と思ふに、やうやう明くれば帰り給ひぬ。

日、さしあがるほどに起き給ひて、昨夜《よべ》の所に文《ふみ》書き給ふ、

「いみじう深う侍《はべ》りつるも、ことわりなるべき御気色《みけしき》に、出で侍りぬるは。つらさもいかばかり」

など、青き薄様《うすやう》に、柳につけて、
　さらざりし古《いにしへ》よりも青柳《あをやぎ》の
　　いとどぞ今朝《けさ》はおもひみだるる
とてやり給へり。返《かへ》り事《ごと》めやすく見ゆ。

　かけざりし方《かた》にぞはへし糸なれば
　　解《と》くと見し間《ま》にまた乱れつつ
とあるを見給ふほどに、源《げん》中将・兵衛佐《ひやうゑのすけ》、小弓《こゆみ》持たせておはしたり。

「よべは、いづくに隠れ給へりしぞ。内裏《うち》に御遊びありて召ししかども、見つけ奉らでこそ」

と宣へば、

「此処《ここ》にこそ侍りしか。怪しかりける事かな」

た髪の毛先が小袿《こうちぎ》に映《は》えて、優雅で美しい。月の光の明るい方に扇《おうぎ》をかざして顔を隠し、「月と花とを心ある人に見せてあげたい」という意味の古歌《こか》を口ずさみ、桜の花のもとに歩み寄っていくのでした。中将は歌でも詠みかけたかったのですが、そのまま様子を見ていると、年上の女房が、

「季光は、どうしてまだ起きないのかしら。弁《べん》の君《きみ》さん、ここにいらしたのね。いらっしゃい」

と言うのは、これから物詣《ものもう》でに出かけるらしい。先ほどの童《わらわ》は家に留まるようです。

「留守番はつまらないわ。そうだ。ただお供に加わって近くにいて、お社《やしろ》へはお参りしなければいいでしょう」

と言うと、

「あきれたわね」

などと言っています。

皆支度《したく》をして、五、六人はいます。車に乗るため階段を下りるのもつらそうな人を、「この人がこの家の姫君なのだろう」と思ってよく見ると、被衣《かずき》を肩に脱ぎかけた姿は、小柄でたいそう可愛らしい。物言いも愛くるしいながら気品あるように聞こえます。中将は、

「運よく姫君をかいま見ることができたよ」

と思ったけれど、だんだん夜が明けてきたので、帰途につ

と宣ふ。

花の木どもの、咲きみだれたる、いと多く散るを見て、

　あかで散る花みる折はひたみちに

とあれば、佐《すけ》

　わが身もかつはよわりにしかな

と宣ふ。中将の君、「さらば、甲斐《かひ》なしや」とて、

　散る花を惜《を》しみとめても君なくは
　　誰にか見せむ宿の桜を

とのたまひ、たはぶれつつ諸共《もろとも》に出づ。「かの見つる所、尋《たづ》ねばや」とおぼす。

夕方、殿《との》にまうで給ひて、暮れ行くほどの空、いたう霞《かす》みこめて、花のいとおもしろく散り乱るる夕ばえを、御簾《みす》巻き上げてながめ出で給へる御容貌《おんかたち》、言はむかたなく光みちて、花のにほひも、無下《むげ》にけおさるる心地《ここち》ぞする。琵琶を黄鐘調《わうじきてう》にしらべて、いとのどやかに、をかしく弾き給ふ御手つきなど、「限なき女も、かくはえあらじ」と見ゆ。この方の人々召し出でて、さまざまうち合せつつ遊び給ふ。

光遠、

「いかが、女のめで奉らざらむ。近衛《このゑ》の御門《みかど》わたりにてこそ、めでたくひく人あれ。何事にもいとゆゑづきてぞ見ゆる」

と。おのがどち言ふを聞き給ひて、

「いづれ。この、桜多くて荒れたるやど。わらはいかでか見し。我れに聞かせよ」

と宣へば、

「猶、たよりありて罷《まか》りたりしになむ」

と申せば、

「さる所は見しぞ。こまかに語れ」

いたのでした。

中将は、日が高く上ってからお起きになって、昨夜の女の所に後朝《きぬぎぬ》の手紙をお書きになりました。

「まだ夜も深いうちではございましたが、失礼するのが当然のようなあなたのご様子は、私にとってどんなにつらかったことでしょう」

などと、青い薄様《うすよう》の紙に書いて柳の枝につけて、

さらざりし古《いにしへ》よりも青柳のいとどぞ今朝はおもひみだるる

（これほどあなたが冷たくなかったあの頃よりも、今朝私の心は、ますます思い乱れることです）

と、歌を詠んでお贈りになりました。女からの返事はあたりさわりのないものでした。

かけざりし方にぞはへし糸なれば解くと見し間にまた乱れつつ

（以前は心にもかけていない私のほうに気まぐれにまとわりついてきたあなたは、ちょっと打ち解けたとみるや、また別の女のことで心が乱れているのでしょう）

と宣ふ。かの、見し童に物言ふなりけり。

「故源中納言のむすめになむ。まことにをかしげにぞ侍るなる。かの祖父《おほぢ》の大将なむ、『迎へて、内裏《うち》に奉らむ』と申すなる」

と申せば、

「さらば、さらざらむ先に。猶《なほ》、たばかれ」

と宣ふ。

「さ思ひ侍れど、いかでか」

とて立ちぬ。

夕さり。かの童は、ものいとよく言ふものにて、事よくかたらふ。

「大将殿の、常に煩はしく聞え給へば、人の御文伝ふることだに、おほ上《うへ》いみじく宣ふものを」

と。同じ心にて、めでたからむ事など宣ふころ、殊に責むれば、若き人の、思ひやり少きにや、

「よき折あらば、今」

といふ。御文は、殊更にけしき見せじとて伝へず。

光遠参りて、

「言ひおもむけて侍る。今宵ぞよく侍るべき」

と申せば、喜び給ひて、少し、夜更けておはす。

光遠が車にておはしぬ。わらはは、けしき見ありきて入れ奉りつ。火は物の後へ取りやりたれば、ほのかなるに、母屋《もや》に、いとちひさやかにてうち臥し給ひつるを、かき抱きて乗せ奉り給ひて、車を急ぎて遣るに、

「こは誰ぞ、こは誰ぞ」

とて、心得ず、あさましう思《おぼ》さる。

中将の乳母《めのと》聞き給ひて、

「大上《おほうへ》の、後《うしろ》めたがり給ひて、臥し給へるになむ。もとよりちひさくおはしけるを。老い給ひて、法師にさへなり給へば、頭《かしら》さむくて、御衣《おんぞ》を引き被《かづ》きて臥し給へるなむ、それとおぼしけるも、ことわりなり」

と。

とある返事の歌をご覧になっていると、源中将《げんちゅうじょう》と兵衛佐《ひょうえのすけ》が従者《じゅうしゃ》に小弓《こゆみ》を持たせてお出でになりました。

「昨夜は、どこにお隠れでしたか。宮中で管絃《かんげん》の御遊びがあって、あなたをお召しになりましたが、見つけられず仕舞いでしたよ」

とおっしゃると、中将は、

「ここに、おりましたのに。おかしいですね」

とおっしゃるのでした。

庭の桜の木々の咲き乱れた花が、沢山散るのを見て、

あかで散る花みる折はひたみちに

(まだ見飽きるほど見ていないのに、散ってしまう桜を見るのは、ひたすら惜しまれることですよ)

と詠みかけると、兵衛佐が、

わが身もかつはよわりにしかな

(花を惜しむ一方で、私もすっかり弱ってしまいましたよ)

とお詠みになりました。主《あるじ》の中将が、

「それではしようがないですね」と言って、

散る花を惜しみとめても君なくは誰にか見せむ宿の桜

車よするほどに、古びたる声にて、

「いなや、こは、たれぞ」

との給ふ。

その後いかが。をこがましうこそ、御容貌《おんかたち》はかぎりなかりけれど。

鑑賞の楽しみ

構想　主人公の中将は、『伊勢物語』の在五中将を思わせる好き者のイメージの貴公子です。音楽にも秀で、女性にとってあこがれの理想の男性像と言えます。その主人公の風流な一日の様子が、桜のイメージの中で描かれています。

月影さやかな夜明け前、後朝《きぬぎぬ》の帰りの途中、桜が美しく咲く小家《こいえ》で偶然姫君を垣間《かいま》見《み》てしまいました。昼、自宅で昨夜訪れた女との後朝の手紙のやり取りをし、その後訪れた友人と庭の桜を見ながら歌のやり取りをして、風流な時を過ごしました。夕方、父君のお邸に参上して、夕日に映える桜の花を眺め、仲間と琵琶を合奏して、優雅な時を過ごしました。その時、今朝垣間見た姫君の素性を、思いがけず聞くことができたのでした。ここまでが主人公の風流な一日の様子です。後の能楽等の構成に見られる序破急に例えれば、序章として主人公の一日の生活を紹介しているのです。

それからしばらく経ったある日の夕方、宮中に入内《じゅだい》する

を
（散る花を惜しみ、散るのを止《と》めたとしても、兵衛佐がいなくては一体誰に見せようか、この宿のすばらしい桜を）

と歌をお詠みになり、互いに冗談を言いながらお出かけになりました。中将は、内心「今朝見た邸《やしき》のことを究明したい」とお思いになったのでした。

夕方、中将は父君のお邸に参上し、暮れ行く頃《ころ》の空が一面に霞んで、花がたいそう美しく散り乱れる夕映えの情景を、御簾《みす》を巻き上げて眺めていらっしゃいます。その御容貌は、言いようもなく光り輝いて、花の美しさもすっかり色を失ったように思えるほどでした。琵琶《びわ》を黄鐘調《おうしきちょう》（音楽の調子で十二律の一つ）に調音して、たいそうゆったりと優雅にお弾きになる中将の御手つきなどは、無上の高貴な女性でも、これほど優雅ではないだろうと思われます。音楽に秀でた人々をお召しになって、いろいろな曲を合奏していらっしゃるのでした。

側近の光遠が、

「こんなすばらしい中将様を賞賛しない女性がいるでしょうか。陽明門のあたりに琵琶を上手に弾く姫君がおります。」

というあの垣間見た姫君を略奪しようと企てて、手引きを頼みました。そしていよいよ決行の時が来ました。うまく姫君の部屋から小柄な感じの方を抱きかかえて車に乗せて自邸に帰りました。さすが好き者の中将です。姫君の略奪に成功しました。序破急に例えれば、破の章です。

最後の急の章で、連れ帰ったのは姫君でなく、祖母の尼君だったことがわかりました。間の抜けたどんでん返しだったのです。すばらしい貴公子の登場と思い、期待して読んでいた読者を、あきれるような期待外れの「落ち」で驚かすのです。どの読者も主人公の驚いた顔を想像して、なんということか、気の毒に、と思いながらも、つい笑ってしまったのではないでしょうか。

連想

この短編物語を読んで気がつくことは、『源氏物語』のあちこちの場面を思い起こすことができるということです。主な例を挙げてみましょう。

「夕顔の巻」に、光源氏が宮中からお出かけの途中立ち寄った所に、粗末ではあるが、風情のある小家から黄色の単《ひとえ》袴を長めにはいた、こぎれいな女童《めのわらわ》が出てくる場面があります。これは、中将が朝帰りの途中立ち寄り、荒れた邸の中を覗く場面とよく似ています。また「蓬生の巻」には、明石から帰京した光源氏が、見る影もなく荒れ果てた

琵琶だけでなく、何事にも訳《わけ》ありの様子です」

と、仲間たち同士で話していたとお聞きになって、中将が、

「どの家かな。あの桜ばかりが多くて荒れ果てたお邸かな。お前はどうして見つけたのか聞かせてくれ」

とおっしゃると、光遠が、

「やはりゆかりがあって伺ったことがありましたので」

と申し上げると、

「その邸は私も見たぞ。詳しく話してくれ」

とおっしゃいます。光遠は、中将が見たあの女童と付き合っているのでした。

「亡くなられた源中納言の娘でして。本当に美しいお方だと聞いています。娘の祖父《おおじ》の大将殿が、迎え取って宮中に入内《じゅだい》させようと申しておられました」

と報告すると、

「それでは、そうなる前に。やはり何とかしたい」

とおっしゃると、

「それはそうでございますが、なんともはや」

と断りもせず、光遠は立ち去ったのでした。

　夕方、その女童は言葉巧みな者なので、光遠は相談事を頼みました。しかし、

「姫君の祖父《おおじ》の大将殿は、いつも口うるさくおっしゃる方邸で、木立が茂って森のようなところを通った時のことが書いてあります。そして光源氏は思い出したのです。昔通った末摘花の邸だったということを。この場面も、花桜折る中将が古めかしい邸の前で、昔付き合った女性のことを思い出す場面を連想してしまいます。また、「須磨の巻」の「明けぬれば、夜深う出でたまふに、有明の月いとをかし。花の木どもやうやう盛り過ぎて、わづかなる木蔭のいと白き庭に、薄く霧りわたりたる」

というくだりは、光源氏が友との別れを惜しみ、自邸に帰ろうと外に出た時の情景です。これも中将が女の家を出た時の冒頭の情景によく似ています。

　このようにあちこちの場面が、『源氏物語』の情景を思い起こさせてしまいます。ある解説本では、これは『源氏物語』のパロディを意図している、と書いています。確かにこのように『源氏物語』を連想しながら読むと、主人公の中将も光源氏とイメージを重ねて読んでしまうかもしれません。そこが『花桜折る中将』の作者の意図するところなのでしょう。

　また、場面の連想ばかりではなく、有名古歌を連想してイメージに深みを増す効果を持つ文章もあります。中将の言葉「やま人（山里に住むきこり＝恋人）」に、物聞えむといふ人あり」は、古歌の言葉を使い、教養人であることを

ですし、祖母上様も人のお手紙を伝えることは、とてもとても」

と女童は言います。光遠は、中将と同じ気持ちだったので、姫君が入内なさる話があると聞いて、手引きするよう口うるさく責めると、女童はまだ若く思慮分別が足りなかったのか、

「よい機会があった時にでも」

と言ったのです。中将からのお手紙は、ことさら中将のお気持ちを伝えなくてもと、女童は姫君に伝えませんでした。

光遠が中将の邸に参上して、

「説得いたしました。今夜こそ絶好の機会だと存じます」

と申し上げると、中将はお喜びになって、少し夜が更けてから姫君の所に出かけられました。

中将は、光遠の車でいらっしゃいました。女童は様子を見計らって、中将を姫君の部屋にお入れ申し上げました。灯火《ともしび》は物陰に取り除《の》けてあるので、ほの暗く広い母屋《おもや》の部屋で、とても小柄な感じで横になっていらっしゃる方を抱きかかえて、車にお乗せして急いで自邸に走らせると、

「あなたは、誰。あなたは、誰」

と、車に乗せられた人は訳《わけ》がわからず、あきれていらっしゃいます。

それとなく知らせているのかもしれません。ちなみにやま人は、杣人《そまびと》と同意で、『万葉集』巻十一　寄物陳思　の

宮材《みやぎ》引く泉の杣《そま》に立つ民の休む時なく恋ひわたるかも

（宮殿の材木を切って引き出す泉の杣山で、労役に就いている民のように、休む間もなく恋し続けていることです）

という和歌に依っています。もう一つ、『拾遺和歌集』巻十三　恋三

絶えて年ごろになりにける女の許にまかりて、
雪の降り侍《はべり》ければ　源　景明

三吉野の雪にこもれる山人もふる道とめて音《ね》をや泣くらん

（吉野山の雪に降り込められている山里の人も、雪の降る古い道に立ち止まり、絶えてしまった人のことを思い、声をたてて泣いているのだろうか）

どちらも、中絶えした人を恋い慕う意味が込められています。

中将が茂みのもとに隠れてのぞき見している時、少納言の君という女童が「月と花とを」という古歌を口ずさむ場面があります。これは、『後撰和歌集』巻三　春下

月のおもしろかりける夜、花を見て
源さねあきら

「中将の乳母《めのと》」と呼ばれる姫君の乳母は、その話をお聞きになって、おっしゃいました。

「祖母君が姫君をご心配なさって、その奥でお休みになっていたのです。もともと小柄でいらっしゃる上に、お年を召して尼にまでおなりになったので、頭が寒くてお召し物を引きかぶって横になっていらっしゃったのを、姫君と思われたのも、もっともなことなのでした」

と。

　中将のお邸に着いて、車を寄せて姫君を降ろそうとした時、しわがれた声で、

「いやはや、こんなことをするのは一体誰なのですか」

とおっしゃったのでした。

　この話、その後はどうなったことでしょう。間の抜けたお話でした。尼君の御容貌はこの上なく美しかったのですけれど。

　あたら夜の月と花とをおなじくはあはれ知れらむ人に
　　見せばや

という和歌に依っています。『信明集』でのこの歌の詞書《ことばがき》は、

　　いきたるにあはねば

となっています。なかなか会えない男女が、会いたかった、共に時を過ごしたかった、と言っているのだと思われます。この歌を口にした女童は、和歌の教養もあり、付き合っている人がいるのかしらと思ってしまいます。読者に物語発展の期待を促してしまいます。これも連想による効果の一つです。果たして中将の側近の光遠が、この女童と付き合っていたことがわかります。序破急と進む物語の進行のキイ（鍵）にもなっています。

　短い物語でも、読んでいくうちに気がつくことがあります。それが重要な伏線であったり、物語の発展の鍵であったりします。物語が短いとそういう所に気づきやすくなります。気づきがあったらしめたものです。そこからどんどん読者の連想は進み、イメージは膨らみ、読者なりのすばらしい鑑賞ができることでしょう。それは、あなたなりの、あなただけの楽しみになるかもしれません。

葉笹　クマザサ　冬になると白い隈ができる

このついで

このついで

「起きもせず寝もせで夜をあかしては春のものとてながめくらしつ」と、古歌を口ずさみながら、中宮は退屈そうに過ごしていらっしゃる、そんな昼ごろのことでした。台盤《だいばん》所《どころ》にいる女房たちが、

「宰相《さいしょう》の中将《ちゅうじょう》様が、こちらへいらっしゃるようですよ。いつもの薫物《たきもの》のかおりがきわだっています」

など言っているうちに、もう宰相の中将は中宮の御帳《みちょう》の前にかしこまられて、

「昨夜から父の邸に伺候していたところ、そのままお使いを申しつかりまして。『東《ひんがし》の対《たい》の紅梅の下に埋めておかれた薫物を、今日の退屈しのぎにお試しなさい』ということで」

と言って、すばらしい紅梅の枝に薫物を入れた銀の壺を二つお付けになって差し出されました。

女房の中納言の君が、その壺を御帳の中の中宮に差し上げなさいました。中宮はいろいろな香炉《こうろ》で、さっそく若い女房たちに薫物をためさせなさって、ちょっとご覧になってから御帳の側の御座所《ござしょ》で横になっておくつろぎなさいました。

原文

「春のもの」とてながめさせ給ふ昼《ひる》つがた、台盤所《だいばんどころ》なる人々、

「宰相の中将こそ、参り給ふなれ。例の御にほひ、いとしるく」

などいふほどに、つい居《ゐ》給ひて、

「よべより殿に候《さぶら》ひしほどに。やがて、御使になむ。『東《ひんがし》の対《たい》の紅梅の下《もと》に、うづませ給ひし薫物《たきもの》、今日の徒然《つれづれ》に、試みさせ給ふ』とてなむ」

とて、えならぬ枝に、白《しろ》がねの壺二つ附け給へり。

中納言の君は、御帳《みちやう》の内に参らせ給ひて、御火取あまたして、若き人に、やがて試みさせ給ひて、少しさしのぞかせ給ひて、御帳の側《そば》の御《お》座《まし》にかたはら臥させ給へり。

紅梅《こうばい》の織物の御衣《おんぞ》に、たたなはりたる御髪《みぐし》の、裾《すそ》ばかり見えたるに、これかれ、そこはかとなき物語、忍びやかにして、暫し候ひ給ふ。

中将の君、

「この御火取の序《ついで》に、あはれと思ひて人の語りし事こそ、思ひ出でられ侍れ」

との給へば、おとなだつ宰相の君、

「何事にか侍らむ。徒然に思しめされて侍るに、申させ給へ」

とそそのかせば、

「さらば。つい給はむとすや」

とて。

「『ある君達《きんだち》に、忍びて通ふ人やありけむ、いとうつくしき児《ちご》さへ出で来にければ、「あはれ」とは思ひ聞えながら、厳《きび》しき片つ方《かた》やありけむ、絶え間がちにてある程に、思ひも忘れずいみじう慕ふが、うつくしうて、時々は、ある所に渡しなどするをも、「否《いな》」なども言はでありしを、ほど経《へ》て立ち寄りたりしかば、いとさびしげにて、珍しくや思ひけむ、かき撫でつつ見居たりしを、え立ちとまらぬ事ありて出づるを、ならひにければ、例のいたう慕ふがあはれにおぼえて、暫《しば》し立ちとまりて、「さらば、いざよ」とて、掻き抱きて出でけるを、いと心苦しげに見送りて、

紅梅色に織った袿《うちき》のお着物に、豊かにうねり重なった御《み》髪《ぐし》の端だけが見えて、数人の女房がとりとめもない話をしながら、しばらく控えておいでになるのでした。

中将の君が、

「このお火取りの香炉から、ある人がしみじみと語った話がつい思い出されます」とおっしゃると、年長格の宰相の君が、

「どんなお話ですか。中宮さまも退屈しておられますから、お話しなさいませ」

とすすめると、

「それでは、私の次にどなたかお話しくださいね」

と言って、語りました。

「ある身分ある家の姫君にこっそり通う男がいたそうです。たいそうかわいらしい子どもまでできたので、いとしいとは思いながらも、うるさい本妻がいたのでしょうか、通うのも絶え間がちになっていました。それなのに、子どもは父親の顔をよく覚えていて、たいそう慕ってくるのがかわいらしくて、時々は自宅に連れ帰ったりするのを、姫君は『やめて』とも言わないでおりました。しばらく経って男が立ち寄ってみると、子どもはひどくさびしそうにしていました。父親をめずらしそうに思っている子どもの頭をな

前なる火取を手まさぐりにして、

　子だにかくあくがれ出でば薫物《たきもの》の
　　ひとりやいとど思ひこがれむ

と忍びやかにいふを、屏風の後にて聞きて、いみじうあはれにおぼえければ、児《ちご》もかへして、そのままになむゐられにし』と。

いかばかりあはれと思ふらむと、『おぼろげならじ』と言ひしかど、誰とも言はで、いみじく笑ひまぎらはしてこそ止みにしか」

「いづら、今は。中納言の君」

との給へば、

「あいなき、事の序《ついで》をも聞えさせてけるかな。あはれ、只今の事は、聞えさせ侍りなむかし」

とて。

「去年《こぞ》の秋のころばかりに、清水《きよみづ》に籠りて侍りしに、傍に、屏風ばかりを、物はかなげに立てたる局《つぼね》の、にほひいとをかしう、人ずくななるけはひして、折々うち泣くけはひなどしつつ行ふを、誰ならむと聞き侍りしに、明日《あす》出でなむとての夕つ方、風いと荒らかに吹きて、木《こ》の葉ほろほろと、滝のかたざまにくづれ、色濃き紅葉《もみぢ》など、局の前には隙《ひま》なく散り敷きたるを、この中隔《なかへだて》の屏風のつらによりて、ここにも、ながめ侍りしかば、いとしのびやかに、

　『いとふ身はつれなきものを憂《う》きことも
　　あらしに散れる木の葉なりけり

風の前なる』

と、聞ゆべき程にもなく、聞きつけて侍りしほどの、まことに、いとあはれにおぼえ侍りながら、さすがにふと答《いら》へにくく、つつましくてこそ止み侍りしか」

と言へば、

でたりして見ていましたが、腰を落ち着けられない事情があって帰ろうとしました。子どもは習慣になっていたので、いつものように父親を追い慕います。その様子がいじらしく思われて、しばらく立ち止まって、『それならば、さあ、お出で』と言って抱き上げて出て行ったのです。それを姫君はとても辛そうに見送って、前にある火取り香炉をなでながら、

子だにかくあくがれ出でば薫物のひとりやいとど思ひこがれむ

(火取りの籠《こ》から薫物の香りがただよい出るように、子どもが父の後を追って出て行ったら、私は一人になってますます人恋しく思いこがれることになるのでしょう)


とひそかに口ずさむのを、男は屏風の陰で聞いて、とても心打たれたので、子どもを返してそのまま姫君の邸にお泊まりなさることになったのでした」

と言って、

「『その男は、どれほど姫君をいとしく思ったことでしょう』とか『普通の仲ではなかったのでしょう』と私は言ってみたけれど、誰のこととも言わないで、話してくれた人はひどく笑って、話をごまかして終わりにしてしまいまし

「『いと、さしも過ぐし給はざりけむ』とこそおぼゆれ。さても、実《まこと》ならば、口惜しき御物つつみなりや」

「いづら、少将の君」

との給へば、

「さかしう、物も聞えざりつるを」

と言ひながら、

「祖母《おば》なる人の、東山わたりに行ひて侍りしに、暫し従ひて侍りしかば、主《あるじ》の尼君の方に、いたう口惜しからぬ人々のけはひ、数多《あまた》し侍りしを、『紛はして人に忍ぶにや』とぞ見侍りし。物隔ててのけはひ、いと気高う、只人《ただびと》とはおぼえ侍らざりしに、ゆかしうて、物はかなき、障子《さうじ》の紙のあなかまへ出でて、覗《のぞ》き侍りしかば、簾《すだれ》に几帳そへて、清げなる法師二三人《ふたりみたり》ばかりすゐて、いみじくをかしげなりし人、几帳のつらに添ひ臥して、この、居たる法師近く呼びて、物いふ。

何事ならむと、聞き分くべき程にもあらねど、『「尼にならむ」と語らふ気色《けしき》にや』と見ゆるに、法師やすらふ気色なれど、なほなほせちに言ふめれば、『さらば』とて、几帳のほころびより、櫛《くし》の笥《はこ》の蓋《ふた》に、長《たけ》に一尺ばかり余りたるにやと見ゆる髪の、すぢ・すそつきいみじう美しきを、わげ入れて押しいだす。傍《かたはら》に、今少し、若やかなる人は、十四五ばかりにやとぞ見ゆる。髪、たけに四五寸ばかりあまりて見ゆる、薄色のこまやかなる単襲《ひとへかさね》、掻練《かいねり》などひき重ねて、顔に袖をおしあてて、いみじう泣く。『おととなるべし』とぞ推し量《はか》られ侍りし。

又、若き人々二三人ばかり、薄色の裳《も》ひきかけつつ居たるも、いみじうせきあへぬ気色《けしき》なり。乳人《めのと》だつ人などは、なきにやと、あはれにおぼえ侍りて、扇のつまにいとちひさく、

おぼつかなうき世そむくは誰とだに
知らずながらもぬるる袖かな

と書きて、幼き人のはべるして遣《や》りて侍りしかば、このおとこにやと見えつる人ぞ書くめる。さて取らせたれば持て来たり。書きざまゆゑゆゑ

た」

と（付け加えて）語り終えました。

「次は誰かな。中納言の君ですね」と中将がおっしゃると、

「とんでもない香炉の連想で、中宮様にお話し申し上げたものですね。そうねえ、ごく最近のことならお話し申し上げられますよ」

と言って、

「去年の秋のころ、清水寺に参籠《さんろう》しておりました時に、すぐ隣に屏風だけを仮の仕切りにした部屋で、薫物の香りもすばらしくお供の人も少ない感じで、時折おつとめの合間に忍び泣きの気配があるのを、いったい誰だろうと聞いておりましたが、明日帰ろうと思うその夕方、風がひどく荒々しく吹いて、木の葉がはらはらと滝の方へ乱れ散り、色濃き紅葉などが、局の前一面に散り敷いていました。隣の局との仕切りになっている屏風の側に近寄って、私も物思いにふけりながら、その景色を眺めておりました。すると隣の人が大そうひそやかに、

『いとふ身はつれなきものを憂きこともあらしに散れる木の葉なりけり
（この世をいやに思いながらも生きながらえている私

しう、をかしかりしを見しにこそ、くやしうなりて」

などいふほどに、うへ渡らせ給ふ御気色なれば、まぎれて、少将の君も隠れにけりとぞ。

鑑賞の楽しみ

構想　時は春の昼ごろ、所は宮中。中宮と思われる御方が古歌を口ずさみ、退屈そうに過ごしている時に、中宮の兄弟の宰相の中将が、父からの使いで薫物《たきもの》の壺を持ってきました。さっそく薫物を試して中宮はじめその場に控えていた人たちはくつろいでいました。そんな時、女房の中将の君が薫物の火取りの香炉から思い出したことがあり、促されて話し始めました。

　その後、中納言の君・少将の君が「この火取りの香炉のついで」の話を引き継ぎ、各々話します。この三つの話は、歌にまつわる話になっており、女性が主人公の三つの短い歌物語の集合ともいえます。また、最初の話は若き頃つらい恋を経験しながらも、心打つ歌を作り、救われる話。二つ目は、生きることのつらさを思い、この世のはかなさを感じている女性の話。三つ目は、出家するに至った女性の話で、いずれも平安女性の悲しい運命を三つの話でまとめた形をとっています。いろいろな話をいくつでもつなぎ、発展しやすい構成になっています。ショートストーリーの

なのに、つらいことなどないだろう木の葉は散ってい
くことですねえ)
風前《ふうぜん》の灯《ともしび》のようなはかないものです』
と、聞き取れないほどのかすかなつぶやきを、聞いてしま
いました。それは心にしみる思いでしたが、こちらからは
何も言えずに終わってしまいました」
と言うと、
「決してそのままにはなさらないと思っていますよ。もし
そのままでしたら、残念なご遠慮ですわね」
「さあ、お次は少将の君の番ですね」
と中将がおっしゃるので、
「上手にお話し申し上げたことなどもないのに」
と言いながら、
「私の祖母にあたる人が、東山辺りのお寺で勤行しており
ました時、私もしばらくついていっておりましたが、そこ
の庵主《あんじゅ》の尼君の所にかなり身分の高い方々が大勢お出《い》でに
なった様子でしたが、尼君のひっそりと人目に立たぬよう
にしている様は、その物腰に気品が感じられ、並《なみ》の人とは
思われませんでした。私は中の様子が知りたくて、障子紙
にちょっとした穴を開けて覗きましたら、簾《すだれ》に几帳《きちょう》を添

オムニバス形式と言えるでしょう。そして退屈している中宮の所へ主上が訪れて、この物語は終わります。宮中—三つの短い話—宮中と、舞台設定が首尾呼応しているといえます。ということは、三つの話のちょっとあわれな女性たちに比べて、中宮は今幸せな時を過ごしている平安女性なのです。中宮のその後はどうなったことでしょう。

連想　『このついで』という題名が、薫物の火取りの香炉から連想して話が始まったことを示しています。第一話は、薫物—火取り—籠—子の連想で、上手な歌を詠んで夫がもどってきた話です。これは、『伊勢物語』二十三段を思い起こします。歌が上手で心用意のある理想の女性が、夫の心を取り戻した話です。

第二話も薫物の香りからの連想で、参籠中に隣の部屋の女性が、世をいとう感動的な歌を詠んだという話です。これは、『和泉式部続集』の、

八日、おちつもりたるこのはを、風のさそふもうらやましくて

一五三九　日をへつつ我なに事をおもはまし風のまへなるこのはなりせば

よひのおもひ

え立てて、清楚な感じの法師二、三人ほどを座らせて、たいそう美しい女の人が几帳のそばに物に寄りかかって横になり、法師を側近く呼んで何か言っています。どういうことか聞き分けられるほどの声ではなかったのですが、尼になりたいと相談しているように思われました。法師はためらっているようでしたが、それでもなお断《た》っての願いに『それでは』と言って承知したらしく、几帳の帷子《かたびら》の切れ目から、櫛《くし》の箱の蓋《ふた》に身丈《みたけ》より一尺ほどに余る黒髪の、筋も毛先もとても美しいのを丸くたわめ入れて、押し出しました。その側に尼になる人より少し若々しく十四、五歳かと見える人がいて、髪は身の丈四、五寸ほどに余る長さで薄色《うすいろ》の美しい単襲《ひとえがさね》に掻練《かいね》りの袿《うちき》などを重ね着して、顔に袖を押し当てて泣きくずれています。それは妹君なのだろうと察することができました。また、ほかに若い女房が二、三人ばかり薄紫色の裳《も》をひきかけながらそこにおりましたが、皆さん涙に堪えかねている様子です。乳母《めのと》らしき人はいないのだろうかと、しみじみ気の毒に思いまして、私は扇の端に、ごく小さな字で、

おぼつかなうき世そむくは誰とだに知らずながらもぬるる袖かな

(出家なさる理由も、またどなた様かさえも存じませ

一〇三六　いとへどもきえぬ身ぞうきうらやまし風のまへなるよひのともし火

という歌を連想すると言われます。確かに同じ言葉が使われ、イメージも重なっているようです。「風前の木の葉」も「風前のともし火」も風吹く前は静かで穏やかですが、風が吹くと木の葉ははらはらと乱れ散り、ともし火はふっと消えてしまいます。和泉式部は、風吹く前の身の憂さ辛《つら》さに消えてしまいたい思いになり、もうすぐ消えるはずの風前のともし火がうらやましいと言っているのです。参籠中隣の人が詠んだ歌は、和泉式部の世をいとう歌を思い出させるものでした。

第三話もお寺に参籠中見聞きした経験のお話です。かなり身分の高い家柄の女性が、出家をしようとしていて、妹君らしき人が泣きくずれています。このような時、側にいるはずの乳母らしき人もいず、何か訳《わけ》ありと感じた話し手は、同情の歌を贈ります。そしてすばらしい返事をいただいたのですが、話はここで終わりになりました。中宮の許へ帝がお出ましになって、話の場はあわただしく解散となったからです。

以上三話とも各々歌のイメージが印象的で、心打つコントの集合だと思われます。また、出だしの中宮の口ずさん

んが、お気の毒で私の袖も涙で濡れてしまいました
よ）

と書いて、女童《めのわらわ》が傍《かたわら》におりましたので持たせてやりましたところ、妹君であろうと思われた人が返事を書くようです。やがて女童に返事を渡したので、持ってきました。その手紙の書きぶりが、なんとも品格がありすばらしかったのを見て、私は下手な字でまずい歌をやらなければよかったと、残念に思いまして」

など、話しているうちに、主上《しゅじょう》が、中宮がおられるこちらの方にお出《い》でになるご様子なので、そのあわただしさに紛れて少将の君も他の女房たちも、姿を隠してしまったそうです。

だ古歌は、『伊勢物語』二段に後朝《きぬぎぬ》の歌として、『古今和歌集』巻十二　恋三には在原業平の、退屈な雨の降る日、密かに付き合った女性に届けた歌として、載っているものです。

起きもせず寝もせで夜をあかしては春の物とてながめ
暮らしつ

読者は、在原業平のようなみやびの精神にたけた男の登場を期待するかもしれません。しかし、三つの話に登場したのは、様々な運命を連想させる平安貴族の女性でした。また、中宮のお側に兄弟が訪ねて来るという場面は、『枕草子』の中の中宮定子がお住まいの御殿に兄弟の伊周や隆家が訪れる場面を連想します。

虫めづる姫君

虫めづる姫君

蝶の好きな姫君が住んでおられるお隣に、按察使《あぜち》の大納《だいな》言《ごん》の姫君が住んでおられます。親たちは、何事にも至れり尽くせりで、それはもう大切に育てていらっしゃいました。

この姫君のおっしゃることには、

「世間の人々が、花よ蝶よと誉めそやすのは、浅はかでおかしな了見です。人というものは、誠実さをもって物の本質を追求してこそ、その人の心ばえがすばらしいというものです」

と言って、いろいろな虫の恐ろしそうなのを集めて、

「これが、成長する様子を見よう」

と言って、様々な虫籠などに入れさせなさいます。中でも、

「毛虫は、考え深そうな様子をしている所が、注目したいところです」

と言って、朝晩額髪《ひたいがみ》を耳挟みして、毛虫を手のひらの上にそっとのせて、じっと見守っておられます。

若い女房たちは、怖がりうろたえているので、男《お》の童《わらわ》で物おじせず、身分のいやしい者たちを呼び寄せ、箱の虫どもを取り出させて、虫の名前を尋ねたり、新しい虫がいると、名前をつけたりしておもしろがっておられます。

原文

蝶めづる姫君の住み給ふ傍《かたはら》に、按察使《あぜち》の大納言の御女《おんむすめ》、心にくくなべてならぬさまに、親たちかしづき給ふ事限なし。

この姫君の、の給ふ事、

「人々の、花や蝶やと愛《め》づるこそ、はかなくあやしけれ。人は、実《じつ》あり、本地《ほんぢ》尋ねたるこそ、心ばへをかしけれ」

とて、万《よろづ》の虫の、恐《おそろ》しげなるを取りあつめて、

「これが、成らむさまを見む」

とて、さまざまなる籠箱《こばこ》どもに入れさせ給ふ。中にも、

「烏毛虫《かはむし》の、心深きさましたるこそ心にくけれ」

とて、明け暮れ耳はさみをして、籠《こ》のうちにうつぶせてまぼり給ふ。

若き人々は怖《お》ぢ惑ひければ、男《を》の童《わらは》の、物おぢせず言ふかひなきを召し寄せては、この虫どもを取らせ、名を問ひ聞き、今新しきには、名をつけて興じ給ふ。

「人はすべて、つくろふ所あるはわろし」

とて、眉《まゆ》更に抜き給はず、歯黒《はぐろめ》更に、「うるさし、穢《きたな》し」とてつけ給はず、いと白らかに笑みつつ、この虫どもを朝《あした》、夕《ゆふべ》に愛でたまふ。人々、怖ぢ侘《わ》びて逃ぐれば、その御方は、いと怪しくなむののしりける。かく怖づる人をば、

「けしからず、ぼうぞくなり」

とて、いと眉黒《まゆぐろ》にてなむ睨《にら》み給ひけるに、いとど心地なむ惑ひける。

親たちは、「いと怪しく、様異《さまこと》におはすることぞ」と思《おぼ》しけれど、「思《おぼ》し取りたる事ぞあらむや。怪しき事ぞ」と思《おぼ》いて、聞ゆる事は、深くさからひ給へば、「いとどかしこきや」と、これをも、いと恥づかしと思したり。

さはありとも、

「音聞《おとぎき》あやしや。人は、みめをかしき事をこそ好むなれ。『むくつけげなる烏毛虫《かはむし》を興ずなる』と世の人の聞かむも、いと怪し」

「人というものはすべて、わざと取り繕うところがあるのは、よくありません」

と言って、眉毛はまったくお抜きにならず、当時の身だしなみであるお歯黒も、「とても面倒だし、汚いわ」

と言って、おつけにならず、白い歯を出して白々と笑いながら、これらの虫どもを朝晩毎日かわいがっておられます。女房たちが当惑して逃げると、姫君はやたらに叱りつけるのでした。怖がる女房たちを、

「とんでもない。はしたないわ」

と、姫君は黒々とした眉をしかめて睨《にら》めつけなさるので、ますます女房たちは途方にくれるのでした。

親たちは、

「ずいぶん風変わりでいらっしゃることよ」

とお思いになりましたが、

「何か悟ったことがあるのだろう、見苦しいことだが。こちらも考えぬいて申し上げることには、真剣に逆らいなさるので、恐れいってしまいます」

と、姫君のこんな態度を恥ずかしいとお思いなのでした。

「そうは言っても、外聞が悪いですよ。人は見た目の美しいものを好むものです。『気味悪そうな毛虫が好きなんだとさ』と、世間の人が聞いたらみっともないことです」

と聞え給へば、

「苦しからず。万の事、もとを尋ねて末を見ればこそ、事はゆゑあれ。いとをさなき事なり。烏毛虫の、蝶とはなるなり」

と、そのさまのなり出づるを、取り出でて見せ給へり。

「きぬとて人の着るも、蚕のまだ羽《はね》つかぬにし出だし、蝶になりぬれば、糸もはてにて、あだになりぬるをや」

とのたまふに、言ひ返すべうもあらず、あさまし。

さすがに、親たちにもさしむかひ給はず、「鬼と女とは、人に見えぬぞよき」と案じ給へり。母屋《もや》の簾《すだれ》を少し巻き上げて、几帳隔てて、かくさかしく言ひ出し給ふなりけり。

これを、若き人々聞きて、

「いみじくさかし給へど、心地こそ惑へ」

「この御遊《おんあそ》び物《もの》よ」

「いかなる人、蝶めづる姫君につかうまつらむ」

とて、兵衛といふ人、

　いかでわれ説かむかたなくいでてかく
　　烏毛虫《かはむし》ながら見るわざはせし

といへば、小大輔《こだいふ》といふ人、笑ひて、

　うらやまし花や蝶やと言ふめれど
　　かはむしくさき世をも見るかな

など言ひて笑へば、

「からしや」

「眉《まゆ》はしも、烏毛虫《かはむし》だちためり」

「さて、はぐきこそ」

「皮《かは》のむけたるにやあらむ」

とて、左近といふ人、

と申し上げなさると、姫君は、

「気にしません。すべて物事の本質を追求してその結末を見ることにより、事象の理由がわかるのよ。ちょっとした理由で、毛虫は蝶になるのだから」

と、毛虫が蝶になり変わる様を、実物を取り出してお見せになりました。

「絹といって人々が着る物も、蚕がまだ羽のつかないうちに作り出して、蝶になってしまえば、糸作りも終わりで、役に立たなくなるのです」

と、おっしゃるので、親も言い返すこともできず、あきれています。

さすがに恥ずかしいのか、姫君は親たちにも面と向かってお会いにならず、「鬼と女とは、人に見られないようにするのがよい」と考えておられるのです。母屋《おもや》の簾《すだれ》を少し巻き上げて、几帳越《きちょうご》しに、このように親に向かって得意げに言い出しなさるのでした。

これらの話を若い女房たちが聞いて、

「とても毛虫に興味をお持ちですが、私たちは気持ちが悪くて。こんなもので遊ぶなんて」

「いったいどんな人が、蝶のお好きな姫君にお仕えしているのでしょうね。うらやましいわ」

「冬くればころもたのもし寒くとも
かは虫おほく見ゆるあたりは
衣《きぬ》など着ずともありなむかし」

など言ひあへるを、おとなおとなしき女聞きて、

「若人達《わかうどたち》は、何事いひおはさうずるぞ。蝶賞《め》で給ふなる人も、もはら、めでたうもおぼえず。けしからずこそおぼゆれ。さて又、烏毛虫《かはむし》ならべ、『蝶』といふ人ありなむやは。唯《ただ》、それが蛻《もぬ》くるぞかし。そのほどを尋ねて見給ふぞかし。それこそ心深けれ。蝶は捕ふれば、手にきりつきて、いとむつかしきものぞかし。又、蝶は捕ふれば、瘧病《わらはやみ》せさすなり。あなゆゆしとも、ゆゆし」

と言ふに、いとどにくさ増《まさ》りて、言ひあへり。

この虫ども捕ふる童《わらはべ》には、をかしきもの、かれがほしがる物を賜へば、さまざまに、恐しげなる虫どもを取り集めて奉る。

「烏毛虫《かはむし》は毛などはをかしげなれど、多からねば、さうざうし」

とて、蟷螂《いぼじり》、蝸牛《かたつむり》などを取り集めて、歌ひののしらせて聞かせ給ひて、我も声をうちあげて、

「かたつぶりの角《つの》の、あらそふや、なぞ」

といふことを誦《ずん》じ給ふ。童《わらはべ》の名は、

「例のやうなるは侘し」

とて、虫の名をなむつけ給ひたりける。螻蛄男《けらを》、ひきまろ、かなかがち、蝗麿《いなごまろ》、雨彦《あまびこ》なん名とつけて召使ひ給ひける。

かかる事、世に聞えて、いと、うたてあることをいふ中《なか》に、ある上達《かんだち》部《め》の、御子うちはやりて物怖ぢせず、愛敬《あいぎやう》づきたるあり。この姫君の事を聞きて、

「さりとも、これには怖ぢなむ」

とて、帯の端の、いとをかしげなるに、蛇《くちなは》の形をいみじく似せて、動くべきさまなどしつけて、いろこだちたる、懸袋《かけぶくろ》に入れて、結び付け

と口々に言って、兵衛《ひょうえ》という女房が、

　いかでわれ説かむかたなくいでてかく烏毛虫《かわむし》ながら見るわざはせし

（どうして私は説得することもできず、この家にお仕えして毛虫と一緒に姫君の世話をすることになったのでしょう）

と言うと、小大輔《こだいふ》という女房が、笑いながら、

　うらやまし花や蝶やと言ふめれどかはむしくさき世をも見るかな

（うらやましいですね。普通の姫君は花や蝶やといつくしむようですが、こちらでは、毛虫いっぱいの世界を見ていることですよ）

と言って笑うと、

「きびしいわね」

「眉だって、毛虫みたいだわ」

「そういえば、歯ぐきもですよね」

「皮のむけた毛虫ではないかしら」

など言って、左近という女房が、

　「冬くればころもたのもし寒くともかは虫おほく見ゆ

たる文を見れば、

　はふはふも君があたりにしたがはむ

　　長き心のかぎりなき身は

とあるを、何心もなく御前に持て参りて、

「袋など。あくるだに怪しく。おもたきかな」

とて、ひきあけたれば、蛇《くちなは》、首《くび》をもたげたり。

　人々、心を惑はして罵《ののし》るに、君はいとのどかにて、

「なもあみだぶつ、なもあみだぶつ」

とて、

「生前《さうぜん》の親《しん》ならむ、な騒ぎそ」

とうちわななかし、顔、ほか様《やう》に、

「なまめかしきうちしも、けちえんに思はむぞ。怪しき心なるや」

とうち呟《つぶや》きて、近く引き寄せ給ふも、さすがに恐しくおぼえ給ひければ、立処《たちどころ》、居処《ゐどころ》蝶の如く、せみ声にの給ふ声の、いみじうをかしければ、人人逃げさわぎて、笑ひ入れば、しかじかと聞ゆ。

「いとあさましくむくつけき事をも聞くわざかな。さるもののあるを見る見る、皆立ちぬらむ事ぞ怪しきや」

とて、大殿《おとど》、太刀を提《ひきさ》げておはしたり。能く見給へば、いみじう能く似せて作り給へりければ、手に取り持ちて、

「いみじう、物よくしけるかな」

とて、

「『かしこがり、ほめ給ふ』と聞きてしたるなめり。返り事をして、早く遣り給ひてよ」

とて渡り給ひぬ。

　人々、「作りたる」と聞きて、

「けしからぬわざしける人かな」

と言ひにくみ、

「返り事せずは、覚束《おぼつか》なかりなむ」

とて、いとこはく、すくよかなる紙に書き給ふ。仮字《かな》はまだ書き給はざ

るあたりは
（冬が来ても着るものの心配がなくてたのもしいわ。寒くても、毛虫がたくさん見えるこのあたりは暖かそうに見えるから）

着物など着なくても過ごせますよ」

など言い合っているのを、年配の女房が聞いて、

「若い人たちは何を言っておられるのですか。蝶をかわいがるという姫君だって、全然すばらしいとは思われません。むしろとんでもないことです。かと言って、毛虫を並べて『蝶』だという人がいるでしょうか。ただ毛虫が脱皮するのですよ。その様子を調べて見ていらっしゃるのですよ。それこそが考えが深いということです。蝶はつかまえると、手に粉がついて、とても気持ちの悪いものです。また、蝶はつかまえると、瘧病《わらわやみ》（子どもによくおこる病気、熱が出て震えのおこる病気）にかかると言います。ああ、いやだ、いやだ」

と言うので、若い女房たちはますます憎さが増さって、陰口を言い合っていたのでした。

　この虫どもをつかまえる男の子には、面白い物やその子がほしがる物を与えるので、様々な恐ろしそうな虫どもを

りければ、片仮字《かたかんな》に、

「契りあらばよき極楽《ごくらく》に行き逢はむ
　まつはれにくし虫のすがたは
福地《ふくち》の園《その》に」

とある。

右馬《うま》の佐《すけ》見給ひて、「いとめづらかに、様異《さまこと》なる文かな」と思ひて、「いかで見てしがな」と思ひて、中将と言ひ合はせて、怪しき女どもの姿を作りて、按察使の大納言の出で給へる程に、おはして、姫君の住み給ふ方の、北面《きたおもて》の立蔀《たてじとみ》のもとにて見給へば、男《を》の童《わらは》の、異なることなき、草木どもにたたずみありきて、さて、言ふやうは、

「この木に、すべていくらもありくは。いとをかしきものかな。これ御覧ぜよ」

とて、簾を引き上げて、

「いとおもしろき烏毛虫《かはむし》こそ候へ」

と言へば、さかしき声にて、

「いと興あることかな。こち持《も》て来《こ》」

との給へば、

「取り分《わか》つべくも侍らず。唯、ここもとにて御覧ぜよ」

と言へば、荒らかに踏みて出づ。

簾《すだれ》を押しはりて、枝を見入れ給ふを見れば、頭《かしら》へ衣《きぬ》着あげて、髪も、さがりば清げにはあれど、梳《けづ》り繕《つくろ》はねばにや、しぶげに見ゆるを、眉いと黒く、花々とあざやかに、涼しげに見えたり。口つきも愛敬《あいぎやう》づきて、清げなれど、歯黒《はぐろ》めつけねば、いと世づかず。「化粧《けさう》したらば、清げにはありぬべし。心憂くもあるかな」とおぼゆ。

かくまでやつしたれど、見にくくなどはあらで、いと、さま異《こと》に、あざやかに気高く、花やかなるさまぞあたらしき。練色《ねりいろ》の、綾《あや》の袿一襲《うちきひとかさね》、はたおりめの小袿《こうちき》一襲、白き袴《はかま》を好みて着給へり。

この虫を、いとよく見むと思ひて、さし出でて、

取り集めて姫君に差し上げました。

「毛虫は毛などはみごとなようですが、たくさんいないので物足りません」

と言って、蟷螂《いぼじり》（かまきり）、蝸牛《かたつむり》などを取り集めて、それらに関する歌などを大声で歌わせてお聞きになり、ご自分も声を張り上げて、

「かたつぶりの角の、あらそふや、なぞ」

といった句を吟詠なさいます。童たちの名前は、

「ありふれた名前では、つまらない」

と言って、虫の名にちなんでお付けになりました。螻蛄男《けらお》（おけら）、ひきまろ（ひきがえる）、かなかがち（かなへび）、蝗麿《いなごまろ》、雨彦《あまびこ》（やすで）などと名前を付けて、召し使いなさっておりました。


こういったことが世間に知られて、とてもひどい噂をいう人たちの中に、ある上達部《かんだちめ》の御曹子で、血気盛んで物怖じせず、魅力的な顔立ちの人がおりました。この姫君のことを聞いて、「それにしても、これにはおじけづくだろう」と、たいそう立派な帯の端で蛇の形そっくりに作り、動くような仕掛けにしてうろこ模様の懸袋《かけぶくろ》に入れて、手紙を結びつけました。その手紙を受け取った女房が見ると、

「あなめでたや。日にあぶらるるが苦しければ、こなたざまに来るなり。これを、一つものこさで、おひ落せよ、童《わらは》」

との給へば、突き落せば、はらはらと落つ。白き扇の、墨ぐろに真字《まな》の手習《ならひ》したるをさし出でて、

「これに拾ひ入れよ」

との給へば、童、取りいる。見る君達も、「あさましうさへなんある、けだかうこよなくもあるが」など思《おぼ》いて、わらはを思いて、「いみじ」ときえいり給ふ。

童の立てる、怪しと見て、

「かの立蔀《たてじとみ》のもとに添ひて、清げなる男《をのこ》の、さすがに、姿つき怪しげなるこそ、覗《のぞ》き立てれ」

と言へば、この大夫の君といふ、

「あないみじ。御前には、例の、虫興じ給ふとて。顕《あらは》にやおはすらむ。告げ奉らむ」

とて参れば、例の、簾《すだれ》の外におはして、烏毛虫ののしりて払ひ落させ給ふ。

いと恐しければ、近くは寄らで、

「入らせ給へかし。あらはなり」

と聞えさすれば、「これを制せむと思ひていふ」とおぼして、

「それ、さばれ、物恥づかしからず」

との給へば、

「あな、こころう。虚事《そらごと》と思《おぼ》しめすか。その立蔀のつらに、いと恥づかしげなる人、侍るなるを、奥にて御覧ぜよ」

と云へば、

「螻蛄男《けらを》、彼処《かしこ》に出でて、見て来《こ》」

との給へば、立ち走りいきて、

「まことに、侍るなりけり」

と申せば、立ち走り、烏毛虫は袖に拾ひ入れて、走り入り給ひぬ。

丈立《たけだ》ちよき程に、髪も袿《うちぎ》ばかりにていと多かり。すそもそがねば、ふ

はふはふも君があたりにしたがはむ長き心のかぎりなき身は

(這いまわりながらもあなたのお側につき従っていたいものです。長く変わらない心を持った私ですから)

と書いてありました。それを何気なく姫君の前に持って伺うと、

「袋も開ける前からなんか変な感じで、重たいわね」

と言いながら開けてみると、蛇がにゅっと首を持ち上げました。女房たちは驚いて大騒ぎしますが、姫君は少しもあわてず、

「なもあみだぶつ、なもあみだぶつ」

と唱えて、

「私の前世の親かもしれません。騒がないで」

と声を震わせながら、顔はそっぽを向いて、

「かわいらしい時だけ、ご縁があると思うのは、とんでもない考えですよ」

とつぶやいて、その蛇を近くにお引き寄せになるが、やはり恐ろしくお思いなのだろう、立ったり座ったり蝶のようで、蝉のような声でおっしゃる様はとてもおかしかったので、女房たちはいたたまれず逃げだしてきて、大笑いしていましたが、女房の一人が父君に申し上げました。

さやかならねど、ととのほりて、なかなか美しげなり。「かくまであらぬも、世の常の人ざま、けはひ、もてつけぬるは、口惜しうやはある。まことに疎《うと》ましかるべきさまなれど、いと清げに、気高《けだか》う、煩はしきけぞ異なるべき。あなくちをし。などか、いとむくつけき心なるらむ。かばかりなるさまを」と思す。

右馬の佐、

「唯、帰らむはいとさうざうし。『見けり』とだに知らせむ」

とて、畳紙《たたうがみ》に、草の汁して、

かはむしのけ深きさまを見つるより
とりもちてのみ守るべきかな

とて、扇して打ち叩き給へば、童《わらはべ》出で来たり。

「これ奉れ」

とて取らすれば、大夫の君といふ人、

「この、彼処《かしこ》に立ち給へる人の『御前に奉れ』とて」

と言へば、取りて、

「あないみじ。右馬の佐の所為《しわざ》にこそあめれ。心憂げなる虫をしも、興じ給へる御顔《おんかんばせ》を見給ひつらむよ」

とて、さまざま聞ゆれば、いらへ給ふ事は、

「思ひとけば、物なむ恥づかしからぬ。人は夢幻《ゆめまぼろし》のやうなる世に、誰かとまりて、悪しきことをも見、善きをも思ふべき」

とのたまへば、言ふかひなくて、若き人々、おのがじし心憂がりあへり。

この人々、「返り事やはある」とて、暫し立ち給へれど、童ども皆呼び入れて、「心憂し」と言ひあへり。ある人々は、心づきたるもあるべし。さすがに「いとほし」とて、

人に似ぬこころのうちは烏毛虫の
名を問ひてこそいはまほしけれ

「まったくあきれた、気味の悪いことを聞くものだ。そんな蛇がいるのを見ながら、みな姫君を放っておいて逃げ出すとはけしからん」

と言って、父大納言殿は、太刀をひきさげて駆け付けました。よくご覧になると、本物そっくりに作っておられたので、手に取って、

「ずいぶん上手に作った人がいるものだなあ」

と感心して、

「姫君がかしこぶって、虫などをかわいがっておられると聞いて、作ったのだろう。返事を書いて早くやっておしまいなさい」

と言って、部屋にお戻りになりました。

女房たちは、作り物だったと聞いて、

「とんでもないことをする人なのねえ」

と憎らしがって、

「でも、返事をしないと後で心配なことになるでしょう」

と女房が勧めるので、姫君は、ごわごわした素っ気ない紙に返事をお書きになりました。平仮名はまだお習いしていなかったので、片仮名で、

「チギリアラバヨキゴクラクニユキアハムマツハレニクシムシノスガタハ

右馬の佐、
烏毛虫にまぎるるまいの毛の末に
あたるばかりの人はなきかな
と言ひて、笑ひてかへりぬめり。二の巻にあるべし。

鑑賞の楽しみ

構想　これは、虫を愛する姫君の物語です。英語でも翻訳された異色の短編物語です。虫好きの小泉八雲が、東大での講義で「本当に虫を愛する人種は、日本人と古代のギリシャ人だけである」と述べたそうですが、確かに日本人は虫の鳴き声を聞き分け、風情を感じます。そして『虫めづる姫君』のような短編物語が、既に平安時代に作られていたのです。
虫を愛する女性が主人公という設定そのものが、当時としては非常に珍しく、読者の興味をそそったのではないでしょうか。他の平安物語には登場しない、当時の社会常識や慣行から外れた独特の考え方、新しく自由な発想を持つ主人公の物語です。この物語の最初の出だしは、「蝶めづる姫君の住み給ふ傍に、按察使《あぜち》の大納言の御女《むすめ》」とあり、蝶を愛する普通の姫君の対立軸として、虫めづる姫君を登場させ、主人公にしています。

（ご縁があったならば、すばらしい極楽でお会いしましょう。でもお側に居づらいですね。蛇の姿のままでは）

あの世の幸福の園で」

と書いたのでした。

右馬《うま》の佐《すけ》はこの返事をご覧になって、

「実に珍しく、変わった手紙だなあ」

と思い、

「何とかして、姫君を見てみたいものだ」

と考えて、友人の中将と相談して、身分の卑しい女に変装して、按察使の大納言が外出なさった隙にお入りになって、姫君のお住まいの北面《きたおもて》の立蔀《たてじとみ》の傍に隠れてご覧になると、男《お》の童が木々の間を立ち止まりながら言うことには、

「この木全体に這っているぞ。いや、すごいなあ」

と感嘆する。

「これをご覧ください」

と簾を引き上げながら、

「かわいい毛虫がおりますよ」

と言うと、姫君ははっきりした声で、

「あら、おもしろい。こっちに持ってきて」

この姫君の、虫に対する考え方を紹介しながら虫とたわむれる様子を描き、同時に普段の日常生活の様子をも紹介しています。当時の姫君としての常識や価値基準からはずれて眉も剃らず、お歯黒もしないユニークな姫君で、御付きの若い女房たちも困っています。親たちもこの風変わりな娘に苦言を呈すると、筋の通った理屈を述べて立ち向かってくるので、言い返すこともできず、あきれています。

しかし、若い女房たちが面白おかしく悪口を言っても、年配の女房は姫君の肩を持ち、考え深いのですと理解を示すのです。それぞれの言い分を聞くと、読者はそれなりに納得でき、みごとな文章力だと思います。また、虫をつかまえてくれる男の子との付き合いには、変わった姫君とはいえ、男の子に対する愛情も感じられます。一緒に歌を歌ったり、子どもたちに虫の名前をつけて、呼んだりしています。漫画チックなおかしさも感じられます。

このような姫君のうわさを聞いて、ある公達が、虫好きの姫君でも蛇なら怖がるだろうと、帯で作り動く仕掛けにした蛇に、手紙をつけて姫君の所に届けました。袋を開けると蛇がにゅっと出て来て、女房たちは大騒ぎです。姫君は慌てず、しかし恐ろしくて立ったり座ったり落ち着かないのでした。父大納言も驚いてやってきました。作り物と知って安心して、返事を書くようにと言ってもどっていき

とおっしゃると、

「選び取るなんてできません。すぐここですから、こちらでご覧ください」

と言うと、荒々しく足音を立てて出てきました。

簾を前に押して身を乗り出し、毛虫のいる枝を目を見開いてご覧になる姿を見ると、着物を頭から着込み、髪も額髪はすっきりと美しいが、櫛で手入れをしないからか、ぼさぼさに見え、その上眉は黒々とはっきりと際立っているので、むしろ涼しげに見えます。口元も可愛らしくきれいなのだが、お歯黒をつけないので子供っぽい。

「お化粧すれば、きっときれいだろうに。残念だなあ」

と思われました。

こんなにもみすぼらしい格好なのに醜いことなどなくて、ただ風変わりで、際立って気品がありスカッとしていて、もったいなく思われます。練色《ねりいろ》（黄ばんだ白）の綾織りの袿《うちき》一かさね、その上にきりぎりす模様の小袿《こうちき》一かさねを着て、白い袴を好んで穿いておられました。

枝についたこの毛虫をもっとよく見ようと思って、身をのり出し、

「あらすてき、日に照りつけられるのが苦しくて、こっちに来るのね。これを一つも落とさないで、追ってよこしなさい。お前たち」

ました。

公達《きんだち》の右馬《うま》の佐《すけ》は、その変わった返事を見て、更に興味がわき、姫君のお邸に潜り込みました。そして虫と戯れている姫君の姿を目にします。髪などの手入れもせず風変わりなのですが、際立って気品がありすばらしいと思いました。

姫君の姿を見た右馬の佐は、懐紙《かいし》に歌を書いて童に渡します。姿や顔を見られたと知った女房たちは、姫君に注意をしますが、まったく気にせず筋の通った理屈を言うので情けないと思うのでした。返事をしないのはまずいと思う女房もいて、姫君に代わって返事をしました。

当時の価値基準からはかなり外れている姫君なので、いったいこの後姫君はどんな人生を歩むのだろうと、読者は気になりますが、この続きは「二の巻にあるべし」と書いて、この短編物語は終わります。読者に期待させて考えさせて、ちょっとがっかりさせる技巧的な終わり方です。

この物語の最大の魅力は、何と言っても主人公の姫君です。日常生活のあらゆることに自分なりの考えをしっかり持ち、判断し実行している様子は、当時の通念・常識からはかなりはずれていますが、特に現代の読者から見ると、痛快にすら感じます。眉剃りやお歯黒をしないということは、伝統文化否定というよりは自らの論理の実行であり、

とおっしゃるので、毛虫をつっつくと、ぱらぱらと落ちました。姫君は白い扇で墨黒々と漢字の手習いしたのを差し出して、

「これに拾ってのせておくれ」

とおっしゃるので、童が拾ってのせました。見ていた二人の公達《きんだち》も、

「あまりにも風変わりであきれ返るよ。容姿も気高く、とてもすばらしいのに」

など思って、童のことも考えると、

「これは大変なことだ」

と人心地しないのでした。


　立っていた童が二人の公達《きんだち》を怪しいと見とがめて、

「あの立蔀《たてじとみ》の側にきれいな男の人で、でも様子が何かおかしい人が覗き込んで立っています」

と言うと、大夫の君という女房が、

「あら大変、姫君は虫に夢中になっていて外から丸見えになっているのでしょう。お知らせいたしましょう」

と言って、お部屋に参上すると、やはり簾の外に出ておいでになって、毛虫を大騒ぎして払い落とさせていらっしゃいました。

　大夫の君は毛虫が怖いので、近くには寄らないで、

現代の感じ方からすれば自然であり、かえってありのままを尊重する健康美であると思われます。虫をはじめ人間も含めて命あるもののあり様をそのまま認め、理にかなったものとして否定しない、そのような考え方が姫君の装いや態度に表れているのだと思います。

　このような姫君ですが、千年を経た今でも、生き生きと明るく、大らかな新しいタイプの女性像として存在感を示しています。風変わりな外見ばかりではなく、話す内容からも目で確かめた裏づけによる、筋の通った近代的な理論ともいえる、当時の人々には、思いもつかない考えを持った姫君でした。

　その辺の表現も、すなわち姫君と周りの人たちの感覚のズレのおかしさが、テンポよく書かれています。明るくおおらかな姫君と周りの困惑が、読者に笑いを誘うのです。

連想　風変わりで虫好きという点で、この物語にはモデル説があります。この物語の作者の周辺に虫好きの姫君がいたとか、虫好きの人のうわさを聞いたとか考えられますが、『古事談』や『十訓抄』『今鏡』に載っている藤原宗輔が蜂を愛するユニークな人物として挙げられています。
　『今鏡』によると、藤原宗俊には腹違いの息子がいて、一人は宗忠と言い、音楽に秀で、漢詩も作る才能豊かな人で、

「中にお入りなさいませ。人目につきます」

と申し上げると、姫君は、「虫集めをやめさせようと思って言うのだわ」と思って、

「そんなこと、まったく、恥ずかしくなんてないわ」

とおっしゃると、

「あら、困りましたね。うそだとお思いですか。その立蔀《たてじとみ》のそばになかなか立派な人がいるらしいから、中に入ってご覧なさいませ」

と言うと、

「螻蛄男《けらお》、そこに出て行って、見て来なさい」

と姫君がおっしゃるので、走って行って見て来ると、

「ほんとに居りましたよ」

と申し上げたので、姫君は走って行って毛虫を袖に拾い入れると、すぐ中にお入りになってしまわれました。

　姫君の背丈もちょうどよく、髪の長さも袿《うちき》の裾ほどあってたいそう豊かです。毛先も切りそろえていないので、ふさやかとは言えないが、整っていてかえって美しいのでした。

「これほどの容貌でなくても、世間並みに優雅な雰囲気を持つ女なら十分なのになあ。悔しいなあ。姫君は親しみにくい様子だが、とてもきれいで気品があるのに。ああ、残念だ。


右大臣になりました。もう一人は宗輔と言い、音楽に秀で、故実に詳しく当時の人たちとは違っていました。驚いたことに彼は蜂を好んで飼っていたのです。蜂に名前をつけ、蜂の習性をよく知り、蜂の被害から人を助けることもありました。

　終《つい》には太政大臣になったということです。この宗輔の存在が『虫めづる姫君』を書くヒントになったのではないかと考える人もいます。確かに宗輔の母が、按察使大納言の娘であったというのも気になります。

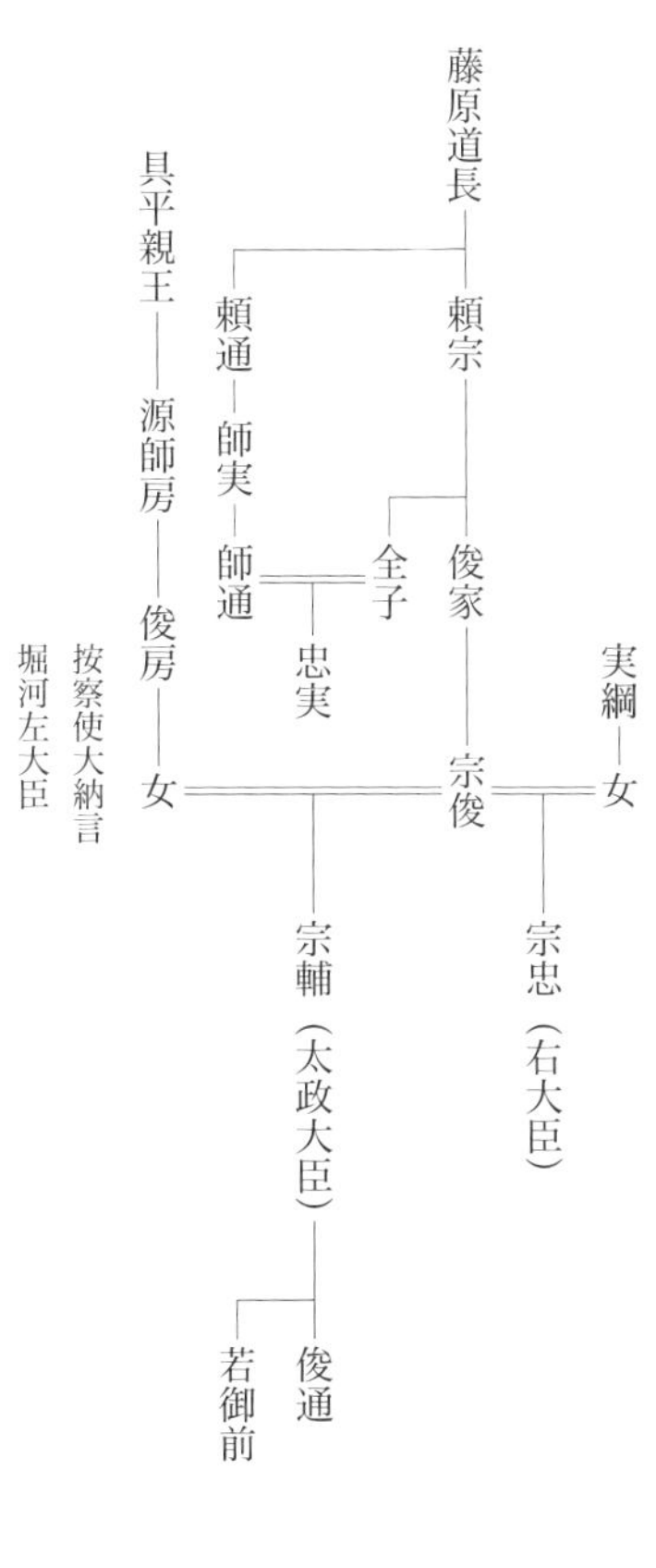

なんで虫好きという変わった性格なのだろう。あれほどの姫君なのに」

と垣間見《かいきみ》の公達《きんだち》は思ったのでした。

右馬《うま》の佐《すけ》は、

「このまま帰ってしまっては、まことに物足りない。せめて『あなたを見ましたよ』とだけでも知らせよう」

と言って、懐紙《かいし》に草の汁で、

かはむしのけ深きさまを見つるよりとりもちてのみ守るべきかな
(毛虫のように毛深い眉のお姿を拝見してしまってからは、手に乗せてかわいがり、じっと見守っていきたいと思うようになりましたよ)

と歌を書いて、扇で手のひらをたたくと、童が出てきました。右馬の佐が、

「これを差し上げてくれ」

と言って懐紙を受け取らせると、大夫の君という女房に、

「この懐紙は、そこに立っておられた方が、『姫君に差し上げてください』と言っておられます」

と童が言うので、大夫の君が受け取って、

菊　キク　中国から大和時代に伝来し改良された

「あら、困ったわ。右馬《うま》の佐《すけ》のやったことに違いないわ。いやな虫などを面白がっていらっしゃる姫君の御顔をご覧になったのでしょう」

と言うと、姫君の所に行って、いろいろと気をつけるべきことを申し上げたのでした。姫君のお答えになったことは、

「人は悟ってしまえば、どんなことでも恥ずかしい事はない。夢か幻のようなはかないこの世に、いったい誰が生きながらえて、これはよいことだ悪いことだと、見たり判断したりできようか」

などとおっしゃるので、何を言ってもどうしようもないので、若い女房たちは、それぞれ内心では情けないと思いあっていたのでした。

この若い女房たちは、右馬の佐たちがしばらく立って返事を待っておられたのに、

「返事なんてするはずないわよ」

と言って、童まで皆家の中に呼び入れて、姫君のことを

「情けないことです」

などと言いあっていました。その中のある女房は、返事をしないのはまずいと気がついたのでしょう。それではさすがに、「お気の毒です」

と言って、姫君に代わって返歌をしたのでした。

人に似ぬこころのうちは鳥毛虫《かわむし》の名を問ひてこそいはまほしけれ
（世間一般の人とは似ても似つかない私の気持ちは、毛虫の名を尋ねるようにあなたのお名前を伺ってから、申し上げようと思います）

すると、右馬の佐は、

鳥毛虫にまぎるるまいの毛の末にあたるばかりの人はなきかな
（毛虫と見まちがうようなあなたの眉は大変毛深くて、その毛先ほどの考え深さを持つ人は他におりません）

と言って、笑いながら帰ってしまったようです。この続きは二の巻にあるはずです。

萱草　かんぞう　忘れ草ともいう　朝咲き、夕方しぼむ、一日花

ほどほどの懸想

ほどほどの懸想

賀茂の葵祭《あおいまつり》の頃は、世の中すべてが今風で華やかに見えるのでしょうか、見すぼらしい小さな家の半蔀《はじとみ》までも葵の葉などをかざして、気持ちよさそうに見えます。

女童《めのわらわ》たちが袙《あこめ》や袴などの衣装を美しく着飾り、様々な物忌《ものい》みのお札《ふだ》などを身に着け化粧して、他の娘たちに劣るまいと競っている様子で行き交うのを見るのは、とても面白い。ましてその女童《めのわらわ》たちと同程度の身分や年齢の小舎人童《こどねりわらわ》や随身《ずいじん》などは、美しい女童たちに目を奪われ意識するのも、もっともなのでした。

それぞれ自分の気に入った女童《めのわらわ》たちを思い定めながら、声かけふざけているけれど、それほどよい結果が得られるとは思われないでしょう。たくさんの女童《めのわらわ》の中にどこの娘だろうか、薄色《うすいろ》（薄紫色）の衣装を着て、髪は背丈ほどもあり、頭も体つきも素敵にみえる女童がいるのを、頭《とうの》中将《ちゅうじょう》の小舎人童《こどねりわらわ》が思い通りの素敵な娘だと思い、たわわに実のついた梅の枝に葵を飾りにつけて女童に渡すといって、

原文

祭の頃は、なべて今めかしう見ゆるにやあらむ。あやしき小家《こいへ》の半《は》蔀《じとみ》も、葵《あふひ》などかざして心地よげなり。童《わらはべ》の、袙《あこめ》、袴《はかま》清げにて、さまざまの物忌《ものいみ》ども附け、化粧《けさう》して、我も劣らじと挑《いど》みたる気色《けしき》どもにて行き違ふは、をかしく見ゆるを、ましてその際《きは》の小舎人《こどねり》・随身《ずゐじん》などは、殊に思ひ咎《とが》むるもことわりなり。

とりどりに思ひわけつつ、物言ひ戯《たはぶ》るるも何ばかり。はかばかしき事ならじかしと、数多《あまた》見ゆる中に、いづくのにかあらむ、薄色着たる、髪は丈《たけ》ばかりある、頭《かしら》つき様体《やうだい》などもいとをかしげなるを、頭の中将の御《おん》小舎人童《こどねりわらは》、思ふさまなりと見て、いみじくなりたる梅の枝に、葵をかざして取らすとて、

梅が枝《え》にふかくぞたのむおしなべて
かざす葵のねも見てしがな

といへば、

しめのうちの葵にかかるゆふかづら
くれどねがたきものと知らなむ

と、おしはなちて言ふもされたり。

「あな、聞きにくや」

とて、笏《さく》して走り打ちたれば、

「そよ、そのなげきの森のもどかしければぞかし」

など、ほどほどにつけては、かたみに「痛し」など思ふべかめり。その後、常に行き逢ひつつも語らふ。

いかになりけむ、亡せ給ひにし式部卿の宮の姫君の中になむ候ひける。宮など、疾《と》くかくれ給ひにしかば、心ぼそく思ひ歎きつつ、下《しも》わたりに、人ずくなにて過ぐし給ふ。上は、宮のうせ給ひけるをり、さまかへ

梅が枝にふかくぞたのむおしなべてかざす葵《あおい》のねも見
てしがな
（この梅の枝に真剣にお願いしています。今皆がかざ
している葵の葉だけでなく根までも見たい（共寝した
い）ものです）

と詠みかけると、女童《めのわらわ》は、

しめのうちの葵《あおい》にかかるゆふかづらくれどねがたきも
のと知らなむ
（神社の境内にある葵の葉にかけたつる草の髪飾りは、
いくら繰っても根が堅いように、来るといっても寝る
わけにはいかないと知ってください）

と、突き放して答えるのも気が利いています。

小舎人童は、

「ああ、なんてひどいことを言うのだ」

と言って、走って行って笏《しゃく》で女童の尻をぶったので、女童は、

「それよ、その嘆き（長い木＝笏）の森のようなあなたの心が気に入らなかったのよ」

など、お互いに分相応の相手と見て、愛情を感じていたよ

給ひにけり。姫君の御容貌《おんかたち》、例の事と言ひながら、なべてならずねびまさり給へば、「いかにせまし、内裏《うち》などに思し定めたりしを。今は、かひなく」など思し嘆くべし。

この童《わらは》、来つつ見るごとに、たのもしげなく、宮の内もさびしくすごげなる気色を見て、かたらふ。

「まろが君を、この宮に通はし奉らばや、まだ定めたる方もなくておはしますに。いかによからむ。程遥かになれば、思ふままにも参らねば、疎《おろか》なりとも思すらむ。又、いかにと、後《うしろ》めたき心地も添へて、さまざま安げなきを」

といへば、

「『更に今は、さやうの事も、思しのたまはせず』とこそ聞け」

といふ。

「御容貌《おんかたち》、めでたくおはしますらむや。いみじき御子《みこ》たちなりとも、あかぬ所おはしまさむは、いと口惜しからむ」

といへば、

「あなあさまし。いかでか。見奉らむ人々のたまふは、『万《よろづ》むづかしきも、御前《おまへ》にだに参れば、慰みぬべし』とこそのたまへ」

と語らひて、明けぬればいぬ。

かくいふほどに、年もかへりにけり。君の御方に若くて候ふ男《をのこ》、好ましきにやあらむ、定めたるところもなくて、この童にいふ。

「その、通ふらむ所はいづくぞ。さりぬべからむや」

といへば、

「八条の宮になむ。知りたる者候ふめれども、ことに若人《わかうど》あまた候ふまじ。唯、中将・侍従の君などいふなむ、容貌《かたち》もよげなりとも聞き侍る」

といふ。

「さらば、そのしるべして、伝へさせよ」

とて、文取らすれば、

「はかなの御懸想《けさう》かな」

うです。それからこの二人は互いに会い続けて、親しく語り合っていたのでした。

その後この女童《めのわらわ》は、どういう事情があったのでしょうか、すでに亡くなられた式部卿の宮の姫君にお仕えしていたのです。


父宮が早く亡くなられたので、姫君たちは心細く思い、嘆きながら下京あたりに召し使う人も少ないまま、ひっそりと暮らしておられました。北の方は、宮がお亡くなりになった時、尼になっておしまいになられました。姫君の御容貌は、当然のことながらひときわ美しく成長なさったので、母の尼君は、

「どうしたものかしら。亡き父宮は入内《じゅだい》させたいと思っておられたのに。今となってはそれもかなわないし」

などと嘆いておられるようです。


この小舎人童《こどねりわらわ》は女童のところに通って来る度に、頼りなさそうな暮らしぶりで、お邸も寂しくひっそりとしているのを見て、話し出しました。

「私の主人の頭中将《とうのちゅうじょう》様を、こちらの姫君のところに通わせ申し上げたいなあ。まだ決まった北の方もなくていらっしゃるから、そうなったらどんなにいいだろう。ここは遠

と言ひて、持《も》て往《い》きて取らすれば、

「あやしの事や」

と言ひて持てのぼりて、

「しかじかの人」

とて見す。

手も清げなり。柳につけて、

「したにのみ思ひみだるる青柳《あをやぎ》の
かたよる風はほのめかさずや
知らずばいかに」

とあり。

「御返り事なからむは、いと古めかしからむか」

「今やう様は、なかなかはじめのをぞし給ふなる」

などぞ笑ひてもどかす。少し今めかしき人にや、

ひとすぢに思ひもよらぬ青柳は
風につけつつさぞみだるらむ

今やうの手の、かどあるに書きみだりたれば、「をかし」と思ふにや、守らひて居たるを、君見給ひて、後《うしろ》より、俄に奪《うば》ひ取り給へり。

「誰がぞ」

と抓《つ》み捻《ひね》り問ひ給へば、

「しかじかの人の許《もと》になむ。等閑《なほざり》にや侍る」

と聞ゆ。

「我もいかで、さるべからむ便りもがな」と思すあたりなれば、目とまりて見給ふ。

「同じくは、ねんごろに言ひおもむけよ、物の便にものせむ」

などのたまふ。童を召して、ありさま委しく問はせ給ふ。ありのままに、心細げなる有様を語らひ聞ゆれば、

「あはれ、故宮のおはせましかば」

いので思うように通えないから、私の愛情が薄いとお思いでしょう。また、私もあなたのことが心配なので、そうなったらいろいろな点で安心ですよ」

と言うと、女童《めのわらわ》は、

「もう今は、そういう結婚の話はおっしゃらないと聞いていますけど」

と言うのでした。

「姫君はさぞおきれいでいらっしゃるのだろうね。立派な家柄の姫君とはいえ、まずい所がおありではとても残念だからね」

と言うと、

「まあ、あきれた。そんなことあるものですか。姫君にお会いした方は、皆『どんなに気がふさいでいる時でも、姫君のお前に参上すれば、きっと心が慰められる』とおっしゃいますよ」

と語り合い、夜が明けたので小舎人童《こどねりわらわ》は帰っていきました。


こうしているうちに、年も改まりました。頭中将にお仕えしている若い男が、色好みなのであろうか、決めた相手もいなくて、この小舎人童に言ったのです。

「お前の通っている所は、どこなのか。好ましい女たちのと。


さるべき折はまうでつつ見しにも、万《よろづ》思ひ合はせられ給ひて、「世の常《つね》に」などひとりごたれ給ふ。我が御うへも、はかなく思ひつづけられ給ふ。

いとど世もあぢきなくおぼえ給へど、又、いかなる心のみだれにかあらむとのみ、常に催し給ひつつ、歌など詠みて、問はせ給ふべし。「いかでいひつきし」など、思しけるとかや。

鑑賞の楽しみ

構想　この物語は、短編物語の中でも一段とショートで、しかもよく構成された短編物語です。物語は、華やかな賀茂の葵祭から始まります。都の多くの人たちが美しく着飾り、うきうきと楽しく過ごしています。そんな時小舎人《こどねり》童《わらわ》も、美しい衣装を着た素敵な女童《めのわらわ》に目を止めました。小舎人童は、縁語・掛詞を用いて思いを率直に述べた歌をその女童に渡しました。女童は気の利いた返事をし、その後無邪気な付き合いから真剣な恋が始まります。

この女童がお仕えするのは、故式部卿の宮の姫君で頼りない生活をしていました。それを知った小舎人童は、自分のお仕えする頭中将《とうのちゅうじょう》様が姫君のところにお通いすればいいなあと考えていました。そうこうするうち、頭中将にお仕えする青年従者が小舎人童に頼みました。姫君のお邸の女房に手紙を渡すようにと。女童は、仕方なく女房たちに

いる所かな」と。

「八条の宮邸でございます。知っている者はおりますが、かと言って若い人たちはそれほど多くはいないでしょう。ただ、中将とか侍従の君とかいう女房は、顔かたちも美しいと聞いております」

と小舎人童《こどねりわらわ》は言いました。

「それならば、そのお前の知っている人を通して伝えさせてくれ」

と言って、若い男が手紙を渡したので、小舎人童は、

「何とも当てにならない懸想文《けそうぶみ》だなあ」

と言いながら、付き合っている女童《めのわらわ》のもとに行って手渡しました。ところが女童は、

「そんなことしちゃいけないわよ」

と言いながらも、その手紙を持って母屋《おもや》に参上して、

「こういうしかじかの人がよこしました」

と、女房たちに見せたのでした。

その手紙は、筆跡も美しいようでした。柳の枝につけて、
「したにのみ思ひみだるる青柳のかたよる風はほのめかさずや
（心の中でばかり思い乱れておりましたが、今私は、青柳が風になびくように、あなたの方になびいていますその手紙を渡しました。風流で筆跡も美しいものでした。今風の女房が失礼のないようにと返事を書きました。散らし書きの洒落《しゃれ》た手紙でした。

青年が感心しながら眺めていると、頭中将がそれをご覧になり、自分もそのお邸のつてが欲しいものだとおっしゃいました。小舎人童が姫君のお邸の事情を話し、頭中将は常ならぬ無常を感じたのでした。それでも姫君と消息を交わし、結局は後悔したのでした。

以上のあらすじをまとめると、

1　小舎人童と女童の恋　　くったくのない、童らしい、純真な恋

⇩

2　若い従者と女房の恋　　遊び半分で、無責任、若者らしい、想像を膨らませる恋

⇩

3　頭中将と八条の宮邸の姫君の恋　　無常観漂う、物憂い、厭世的な気分の恋

各々三つの階層で、三組三様の恋模様がオムニバス形式でみごとに描かれています。童同士の恋が、年上の従者と女房の恋を生み、更に主人の公達《きんだち》と姫君のつながりを生んでいきます。人間関係が広がり波及していくという面白い

す。童の風が私の気持ちを伝えませんでしたか）

『知らずばいかに』という歌の気持ちです」

とありました。

「ご返事なしでは、今の時代古めかしすぎるでしょう」

「最近では、かえって初めてのお手紙にはご返事なさるそうですよ」

と笑って気を揉ませなさいます。少し今風の女房なのでしょうか、

ひとすぢに思ひもよらぬ青柳は風につけつつさぞみだるらむ
（ひとすじに私を思って下さるあなたではありませんから、女性を見るたびにさぞかし心乱れることでしょうよ）

と返事を書きました。

当世風の筆跡で、才気あふれる散らし書きでしたので、受け取った男は「洒落《しゃれ》ているなあ」と思ったのでしょうか、じっと見とれて座っていたのを、主人の頭中将《とうのちゅうじょう》がご覧になって、後ろから急にその手紙を奪い取ってしまわれました。

「誰の手紙なのか」


構想です。実際そんなこともあっただろうと思うと、人の縁の不思議さも感じてしまいます。

『ほどほどの懸想』という題名は、本文中に「ほどほどにつけては、かたみに「痛し」など思ふべかめり」とあって、各々分相応と思う相手と恋をする物語であることを示しています。以上短編物語の構想として完成されたものとは言えないまでも、なかなかの傑作だと思います。

連想　二組目の若い従者と女房との歌のやり取りで、「知らずばいかに」という言葉がでてきます。これは『拾遺和歌集』巻十二　恋二

題知らず　　よみ人知らず
七五四　知るや君知らずやいかにつらからむ我がかくばかり思ふ心を

の歌によっています。あなたを思う私の気持ちをご存じですかという、若い従者の風流で筆跡も美しい手紙でしたが、まだ会ってもいない者同士の遊び半分のやり取りです。真実味がありません。その後三組目に登場する頭中将は、確固たる信念も意思も感じられない、物憂げな態度から、『源氏物語』に登場する薫の君を連想する人がいます。それもあり得ると思います。しかし、相手の事を考えるあま

とつねったりひねったりしてお聞きになるので、

「かくかくしかじかの女の許にやった手紙の返事です。どうせ気まぐれに書いたのでしょう」

と、男は申し上げました。頭中将《とうのちゅうじょう》ご自身も、

「私も何とかして適当なつてが欲しいなあ」

と思うあたりの所だったので、つい目にとまってじっとご覧になりました。

「同じことなら熱心に言って、その女の気持ちをこちらに向けさせなさい。何かの時役に立ってもらおう」

などとおっしゃいます。頭中将は小舎人童《こどねりわらわ》をお呼びになって、女がお仕えしている八条の宮邸の様子を詳しくおたずねになります。小舎人童はありのままに心細げな暮らしぶりを申し上げると、

「かわいそうに。故宮が生きておられたらなあ。こんな風にはならなかったのに」

とおっしゃったのでした。

宮がお元気だった頃、お邸に参上してあれこれ見たことなど思い合わせなさって、昔はもう戻らないと、「世の常に」など古歌を感慨深く独り言のようにおっしゃるのでした。

ご自分自身のことも、はかないものと思い続けておられるのです。


りに決断できなかった薫の君と、この物語の頭中将は少し違うとも思われます。また、三つの恋模様は次々広がるにつれ遊び半分から物憂い恋になってゆきます。ついには後悔することもあり得ます。ちなみに、もっとも幸せな恋をしたのは最初の小舎人童と女童だったようです。

読者の皆さんはどう思われますか。正しい答えなどありません。ご自分の感じたこと、知識の範囲で感じて、なるほど、面白いと思っていただければ、それでよいということです。

実在の人物としては、才能を期待されながら妻子を捨て出家した、藤原師輔八男高光が連想されます。村上天皇に惜しまれながらも多武峰《とうのみね》にお住まいになり、多武峰《とうのみね》の少将と呼ばれた方です。『多武峰少将物語』のモデルでもあります。一方頭中将ではなく、姫君の方を連想する実在の人物としては、平安時代後期に式部卿となり、女子を持った人物は、敦賢親王しかいないので、その第三女敦子内親王が姫君のモデルではないか、という説があります。現代の読者としては、この方面の情報がまったくないので、何のイメージもわきません。楽しい連想の効果は見出せません。

　ますます世の中がつまらなく思われるけれど、また一方で、どんな心の乱れなのでしょうか、いつもの好き心を発揮なさって、歌などを詠んで姫宮に消息なさるようでした。しかし、「どうして言い寄ったりしたのだろうか」などと後悔なさったとかいうことです。

蓮の花　インド原産、仏教の象徴、めでたい花、貫禄あり

逢坂越えぬ権中納言

逢坂越えぬ権中納言

五月《さつき》を待って咲く花橘の香りも「昔の人の袖の香ぞする」という古歌のように、昔なじみの人を恋しく思い、秋の夕べと同じく人恋しい風にのってほのかに香るのは、しみじみと快いものです。また、山ほととぎすも人里近くに下りてきて、鳴き続けています。さらに空には三日月がほのかに光を放っています。そんな人恋しい夕方の風情に誘われて、中納言はじっとしていられず、いつものようにあの姫宮のお邸をお訪ねしたく思われましたが、「会ってはくれないだろう」と嘆かれて、とある所の女なら、あふれるほど思いを寄せてくれるはずだと思いましたが、どうも気が進みません。どうしようかと思いあぐねていると、

「宮中で管絃の御遊びが始まりますよ。今すぐ参内《さんだい》なさって下さい」

と言って、蔵人《くろうど》の少将《しょうしょう》がお迎えにお出《い》でになりました。

「帝がお待ちかねですよ」

などお勧め申し上げると、中納言は気が進まぬながらも、

「車をこちらに用意しなさい」

などおっしゃるのを聞いて、少将が、

「大そう気が進まないご様子なのは、会う約束をなさった

原文

五月《さつき》まちつけたる花橘《はなたちばな》の香《か》も、昔の人恋しう、秋の夕《ゆふべ》にも劣らぬ風にうち匂ひたるは、をかしうもあはれに思ひ知らるるを、山郭公《ほととぎす》も里馴れて語らふに、三日月の影ほのかなるは、折から忍び難くて、例の宮わたりにおとなはまほしう思さるれど、「かひあらじ」とうち嘆かれて、あるわたりの、猶情《なさけ》あまりなる方へと思せど、そなたは物憂きなるべし。いかにせむとながめ給ふ程に、

「内裏《うち》に御遊《おんあそび》始まるを。只今参らせ給へ」

とて、蔵人の少将参り給へり。

「待たせ給ふを」

などそそのかし聞ゆれば、物うながら、

「事さし寄せよ」

などの給ふを、少将、

「いみじうふさはぬ御気色の候ふは、頼めさせ給へる方の、恨み申すべきにや」

と聞ゆれば、

「かばかりあやしき身を、うらめしきまで思ふ人は、誰か」

など言ひかはして参り給ひぬ。

琴、笛など取りちらして、調べまうけて待たせ給ふなりけり。ほどなき月も雲がくれぬるを、星の光に遊ばせ給ふ。この方、つきなき殿上人などは、ねぶたげにうちあくびしつつ、すさまじげなるぞわりなき。

御遊《おんあそび》はてて、中納言、中宮の御方にさし覗き給ひつれば、若き人々、心地よげにうち笑ひつつ、

「いみじき方人《かたうど》参らせ給へり。あれをこそ」

など言へば、

「何事せさせ給ふぞ」

とのたまへば、

「明後日《あさて》、根合《ねあはせ》し侍るを。何方《いづかた》にかよらむと思し召す」

女の方が、あなたをお恨みになるのではないかとご心配なのですね」

と申し上げると、

「こんなつまらない私のような者を、恨むほど思う女など誰がいるでしょうか」

などと言い交わして、参内《さんだい》なさいました。

　宮中では、琴や笛などをあちらこちらに置いて、調子を整えてお待ちになっていらっしゃいました。間もなく沈む三日月も雲に隠れて見えなくなり、星の光のもとで演奏なさいます。この方面に興味のない殿上人《てんじょうびと》などが、眠たそうにあくびをし続けているのは、呆れてどうしようもありません。


　管絃の御遊びが終わり、中納言が中宮のお部屋にちょっと顔をお出しになると、若い女房たちが心地よさそうに笑いながら、

「すばらしい味方になる方がいらっしゃいましたよ。あれをお願いしましょう」

など言うので、

「いったい何をなさるのですか」

と中納言がおっしゃると、

「明後日、菖蒲の根合わせをいたします。左右どちらの味

と聞ゆれば、

「あやめも知らぬ身なれども、引きとり給はむ方にこそは」

とのたまへば、

「あやめも知らせ給はざなれば、左には不用にこそは。さらば此方《こなた》に」

とて小宰相の君、押し取り聞えさせつれば、御心もよるにや、

「かう仰せらるる折も侍りけるは」

とて、にくからずうち笑ひて出で給ひぬるを、

「例のつれなき御気色こそ侘しけれ。かかる折は、うちも乱れ給へかし」

とぞ見ゆる。

　左の人、

「さらば此方には、三位中将を寄せ奉らむ」

と言ひて、殿上に呼びにやり聞えて、

「『かかる事の侍るを。此方に寄らせ給へ』と頼み聞ゆる」

と聞えさすれば、

「ことにも侍らぬ。心の及ばむ限りこそは」

と、たのもしうのたまふを、

「さればこそ。この御心は、底ひ知らぬこひぢにもおりたち給ひなむ」

と。互に羨むも、宮はをかしう聞かせ給ふ。

　中納言、さこそ心にいらぬ気色なりしかど、その日になりて、えも言はぬ根ども引き具して、参り給へり。小宰相の局にまづおはして、

「心をさなく取りよせ給ひしが心苦しさに、若々しき心地すれど、安積《あさか》の沼を尋ねて侍り。さりとも、まけ給はじ」

とあるぞたのもしき。いつの間に思ひよりける事にか、言ひすぐすべくもあらず。

　左の中将おはしたむなり。

「いづこや。いたう暮れぬ程ぞよからむ。中納言は、まだ参らせ給はぬにや」

と、まだきに挑《いど》ましげなるを、

方をなさいますか」

と申し上げます。

「物のあやめもわきまえない私ですが、菖蒲《あやめ》のように私を引き抜いて下さる方に味方しましょう」

とおっしゃると、

「あやめもご存じないのでしたら、左方では要らないですよね。それならばこちらの方に」

と、小宰相《こざいしょう》の君が、無理やり右方の味方に引き入れ申し上げると、中納言のお気持ちもこちらに傾くのでしょうか、

「こう言って下さる時もあるのですね」

と言って、愛想よく微笑んで出ていかれましたが、

「いつもながらよそよそしいご様子なのが寂しいわね。こんな時は少しふざけて下さってもいいのにね」

と女房たちは思ったのでした。

　左方の女房たちは、

「それでは、こちらでは三位中将《さんみのちゅうじょう》様を味方に引き入れいたしましょう」

と言って、清涼殿の殿上《てんじょう》の間《ま》に呼びに人をつかわして、

「こういうことがありますので、こちらの味方をなさいますようお願いいたします」

と申し上げさせると、

「当然のことです。できるだけのことをいたしましょう」

少将の君、
「あな、をこがまし。御前《おんまへ》こそ、御声のみ高くておそかめれ。かれは、しののめより入り居て、整へさせ給ふめり」
などいふ程にぞ、かたちより始めて、同じ人とも見えず恥づかしげにて、
「などとよ。この翁いたう挑み給ひそ。身も苦し」
とて歩み出で給へる。御年のほどぞ、二十に一二ばかり余り給ふらむ。
「さらば、疾《と》くし給へかし。見侍らむ」
とて、人々参り集ひたり。
方人《かたうど》の殿上人、心々に取り出づる根の有様、いづれもいづれも劣らず見ゆる中にも、右のは、猶なまめかしきけさへ添ひてぞ、中納言のし出で給へる。合せもて行くほどに、持《ぢ》にやならむと見ゆるを、右の、はてに取り出でられたる根ども、更に心及ぶべうもあらず。三位の中将、いはむかたなく守り居給へり。「右勝ちぬるなめり」と、方人のけしき、したり顔に心地よげなり。
根合はてて、歌の折になりぬ。右の講師《こうじ》左中弁、左のは四位の少将。読みあぐるほど、小宰相の君など、いかに心つくすらむと見えたり。
「四位少将、いかに。臆《おく》すや」
とあいなう、中納言後見《うしろみ》給ふほど、ねたげなり。
左
　君が代の長きためしにあやめ草
　　千ひろにあまる根をぞひきつる
右
　なべてのと誰か見るべき菖蒲《あやめ》草
　　浅香の沼の根にこそありけれ
とのたまへば、少将更におとらじものをとて、
　いづれともいかがわくべき菖蒲草
　　おなじよどのに生《お》ふる根なれば

と、頼もしくおっしゃるので
「それでこそ中将様です。そのお気持ちなら、底知れぬ恋路とも言う泥（こいぢ）の中にもお入りになることでしょう」
と、お互い羨ましがるのを、中宮はおもしろくお聞きになっておられます。

中納言は、あまり気乗りしない風でしたが、当日になると、それこそみごとな菖蒲の根を何本も用意して参上なさいました。小宰相の局にまずお出《い》でになって、

「深く考えもせず私のような者を味方になさったのが心苦しくて、大人げない気もしましたが、安積《あさか》の沼まで探しに行ってきました。ですから決して負けないでしょう」

とおっしゃるのも頼もしい限りです。いつの間に立派な根のある所を思いついて用意したのか、ほめてもほめすぎることはありません。

左方の三位中将がお出でになったようです。

「どこですか、根合わせをするところは。あまり日が暮れないうちに始める方がよいでしょう。中納言はまだ参上なさらないのですか」

と、早くも挑戦的な様子でおられます。少将の君が、

「あら、おかしいですね。あなたこそお声ばかり大きくて、

とのたまふほどに、上聞かせ給ひて、ゆかしう思し召さるれば、忍びやかにて渡らせ給へり。

宮の御覧ずる所に寄らせ給ひて、

「をかしき事の侍りけるを。などか告げさせ給はざりける。中納言・三位など、方《かた》わかるるは、戯《たはぶ》れにはあらざりける事にこそは」

とのたまはすれば、

「心に、よる方のあるにや、分くとはなけれど。さすがに挑《いど》ましげにぞ」

など聞えさせ給ふ。

「小宰相、少将が気色こそいみじかめれ。何れ勝ち負けたる。さりとも、中納言は負けじ」

など仰せらるるや、ほの聞ゆらむ。中将、御簾の中うらめしげに見やりたる尻目《しりめ》も、らうらうしく愛敬《あいぎやう》づき、人より殊に見ゆれど、なまめかしう恥かしげなるは、猶たぐひなげなり。

「無下《むげ》に、かくて止みなむも、名残つれづれなるべきを。琵琶《びは》の音《ね》こそ恋しきほどになりにたれ」

と、中納言、弁をそのかし給へば、

「その事となき暇《いとま》なさに、皆忘れにて侍るものを」

といへど、遁《のが》るべうもあらずのたまへば、盤渉調《ばんじきてう》に掻い調べて、はやりかに掻きならしたるるを、中納言、堪へずをかしうや思さるらむ、和琴《わごん》とり寄せて弾き合せ給へり。この世の琴《こと》とも聞えず。三位横笛《やうでう》、四位少将拍子《はうし》取りて、蔵人の少将「伊勢の海」うたひ給ふ。声まぎれずうつくし。

上は、さまざまおもしろく聞かせ給ふ中にも、中納言は、かくうち解け、心に入れて弾き給へる折は少きを珍しう思しめす。

「明日は御物忌《ものいみ》なれば、夜更けぬさきに」

とて、かへらせ給ふとて、右の根の中に、殊に長きを、「ためしにも」

遅いお出ましですよ。あちらの中納言様は明け方からお部屋にお入りになって、準備をなさっておられるようですよ」

などと言っているうちに、中納言が、容姿容貌から始め、同じ人とは思えないほど立派なお姿を見せて、

「なんとまあ、こんな年寄りをそんなにいじめないで下さいよ。体もつらいのですから」

と言って歩み出ていらっしゃいます。年齢は、二十歳に一、二歳超えていらっしゃるようです。

「それでは、早くお始めくださいよ。拝見いたしましょう」

と、人々が集まってきました。

それぞれ左右に分かれた方人《かたうど》の殿上人《てんじょうびと》が、思い思いに取り出した根の様子は、どれもこれも劣らず立派に見える中でも、右方のは、長いばかりでなく優美ささえ加わるほど中納言が工夫を凝らしておいでなのでした。次々と根合わせをしていくうちに、引き分けになるかと思われましたが、右方の最後に取り出された根は、思いも寄らないほど立派なものでした。三位中将は言葉もなくただ見つめていらっしゃいました。「右方が勝ったようですよ」と、右方の方人は得意顔で気分よさそうでした。

とて持たせ給へり。

中納言まかで給ふとて、「階《はし》のもとの薔薇《さうび》も」とうち誦《ず》じ給へるを、若き人々は、飽かず慕ひぬべくめで聞ゆ。

かの宮わたりにも、「おぼつかなきほどになりにけるを」と、音なはまほしう思せど、

「いたうも更けぬらむ」

とて、うち臥し給へれど、まどろまれず。「人は物をや」とぞ言はれ給ひける。

又の日、菖蒲《あやめ》も引き過ぎぬれど、名残にや、菖蒲《あやめ》の紙あまた引き重ねて、

　昨日こそひきわびにしかあやめ草
　　ふかきこひぢにおり立ちし間に

と聞え給ひつれど、例のかひなきを思し嘆くほどに、はかなく五月《さつき》も過ぎぬ。

「土さへ割れて照る日」にも、袖ほす世なくぞ思しくづほるる。十余日の、月限なきに、宮にいと忍びておはしたり。

宰相の君に消息し給へれば、

「恥かしげなる御有様に。いかで聞えさせむ」

といへど、

「さりとて。物のほど知らぬやうにや」

とて、妻戸おし開け、対面したり。うち匂ひ給へるに、余所《よそ》ながらうつる心地ぞする。なまめかしう、心深げに聞えつづけ給ふ事どもは、奥のえびすも思ひ知りぬべし。

「例の、かひなくとも、『かく』と聞くばかりの御言の葉をだに」

と責め給へば、

「いさや」

と打ち嘆きて入るに、やをらつづきて入りぬ。

根合わせが終わって、歌合わせになりました。右方の講師は左中弁、左方は四位《しい》の少将です。歌を詠みあげる間、小宰相の君などは、どんなすばらしい歌を詠むだろうと気を揉んでおられるようでした。

「四位の少将、どうしたのか。気後れしているのか」

と、中納言が心配そうに応援なさるのを、相手方は妬《ねた》ましそうに見ています。

左方

君が代の長きためしにあやめ草千ひろにあまる根をぞひきつる

（帝・中宮様のお命が長く続かれる証しとして、千尋にも余る長い菖蒲の根を引き抜いてきました）

右方

なべてのと誰か見るべき菖蒲草浅香《あやめぐさあさか》の沼の根にこそありけれ

（この菖蒲の根をありふれたものと誰が見るでしょう。はるばる安積の沼まで行って根を引いてきたのですから）

と詠みあげると、四位の少将が、こちらだって少しも劣りはしませんと言って

臥し給へる所にさし寄りて、

「時々は、端《はし》つ方にても涼《すず》ませ給へかし。あまり埋れ居たるも」

とて、

「例の、わりなき事こそ。えも言ひ知らぬ御気色、常よりもいとほしうこそ見奉り侍れ。『唯一言《ひとこと》、聞え知らせまほしくてなむ。「野にも山にも」』とかこたせ給ふこそ。わりなく侍る」

と聞ゆれば、

「いかなるにか。心地の例ならずおぼゆる」

とのたまふ。

「いかが」

と聞ゆれば、

「例は、宮にをしふる」

とて、動き給ふべうもあらねば、

「かくなむ聞えむ」

とて立ちぬるを、声をしるべにて尋ねおはしたり。

思し惑ひたるさま心苦しければ、

「身の程知らず、なめげには、よも御覧ぜられじ。唯一言を」

と言ひもやらず、涙のこぼるるさまぞ、さまよき人もなかりける。

宰相の君、出でて見れど人もなし。「返《かへ》り事《ごと》聞きてこそ出で給はめ。人に物のたまふなめり」と思ひて、暫し待ち聞ゆるに、おはせずなりぬれば、「なかなか、かひなき事は聞かじ」など思して、出で給ひけるなめり。いとほしかりつる御気色を。「我れならば」とや思ふらむ。あぢきなく打ち詠めて、うちをば思ひよらぬぞ心おくれたりける。

宮は、さすがにわりなく見え給ふものから、心強くて、明けゆくけしきを、中納言も、えぞ荒立《あらだ》ち給はざりける。「心のほども思し知れ」とにや。「わびし」と思したるを、立ち出で給ふべき心地はせねど、「見る人あらば、事ありがほにこそは」と、人の御ためいとほしくて、

「今より後だに。思し知らず顔ならば、心憂くなむ。『猶、つらからむ』とやおぼしめす。人はかくしも思ひ侍らじ」

いづれともいかがわくべき菖蒲草《あやめぐさ》おなじよどのに生ふる根なれば

（どちらが優れた根であると区別できるでしょうか。

結局は同じ淀野に生えていた根なのですから）

とお詠みになった時、帝が根合わせのことをお聞きになり、ご覧になりたいとお思いになり、そっとおいでになりました。


帝は、中宮がご覧になっているお側にお寄りになって、

「風流な催しがあるというのに、どうして知らせて下さらなかったのか。中納言と三位の中将が左右に分かれるのは、ただの遊びではなかったという事だろうね」

とおっしゃると、中宮は、

「二人とも、内心好意を持つ女房がいるのでしょうか、わざと左右に分けたのではないのですが。相応に張り合っているようです」

などと、申し上げなさいます。

「小宰相の君と少将の君の様子はずいぶん張り切っているようだね。勝負はどうなったのかな。それにしても中納言は負けたりしないだろうよ」

など仰せになるのが、かすかに聞こえたのだろう、三位の中将が御簾の中をうらめしそうに見やる流し目も落ち着いて、

うらむべきかたこそなけれ夏衣
うすきへだてのつれなきやなぞ

鑑賞の楽しみ

構想　この作品の主人公は、権中納言です。題名からもわかるように、逢坂を越えられない権中納言という事で、恋の行方はおそらくうまく行かないのだろうと、想像がつきます。

古歌のイメージを精一杯散りばめた文体で始まる冒頭の部分、花橘の香り、山ほととぎすの鳴き声、人恋しい夕べの三日月の光。すばらしい情景の中でじっとしておられない中納言の、姫宮のお邸をお訪ねしたいがどうしてよいかわからない迷い。そんな時、宮中から管絃の御遊びの誘いがありました。宮中に参上すると、楽器を用意してみんな中納言を待っていたのでした。その後中宮のお部屋を訪ね、女房たちから菖蒲の根合わせに誘われました。中納言は気乗りしないまま引き受けましたが、その当日みごとな菖蒲の根を持参しました。中納言を誘った右方が案の定勝ちました。その後の歌合わせには帝も中宮とともにご覧になって、中納言への信頼を言葉にしたのでした。優雅な気分の

て愛嬌があり、人並み外れて優れて見えるけれど、優美さと際立つ気品は、やはり中納言には及ばないようでした。

「これで終わりにしてしまうのは、名残惜しくて寂しいなあ。琵琶の音が聞きたくなりましたよ」

と、中納言が左中弁をそそのかしなさると、

「何となく忙しさに紛れて、琵琶のことなどすっかり忘れておりましたのに」

とは言っても、逃れるはずもなく催促なさるので、盤渉《ばんじき》調《ちょう》（音階で十二律の一つ）に調律して軽快に弾いていると、中納言はその風流さに我慢出来ないと思ったのか、和《わ》琴《ごん》を取り寄せて合奏なさいました。この世の琴の音とも思えないほどすばらしいものでした。三位の中将は横笛《ようじょう》、四位の少将は笏拍子をとり、蔵人の少将は「伊勢の海」をお歌いになりました。その声は楽器の音にもかき消されず、美しく響いていました。

　帝は、さまざま面白くお聴きになりましたが、中でも中納言がこれほど打ち解け心を込めてお弾きになることは、めったになく珍しいことだとお思いになったのでした。

「明日は物忌みなので、夜の更けないうちに」

と言ってお帰りになる時に、帝は右方の根の中で特に長いものを、「証拠品」だと言ってお持ち帰りになりました。

中納言は、その場にいた貴公子たちを誘い、合奏をしました。何とも言えずそれは素晴らしいものでした。その様子を見ていた帝も女房たちも中納言を素晴らしいと思ったのは言うまでもありません。

　中納言は、誰から見ても理想の貴公子として見られ、描かれています。しかし本人は、表題（逢坂を越えられない）の通り、泥地《こひじ》（泥沼）にはまった恋路に悩んでいるのです。いよいよ最終段階です。中納言の恋の行方は……どうなるのでしょう。得意絶頂だった菖蒲の根合わせや歌合わせの後、会いたくても会えない姫宮に歌を贈りましたが、なしのつぶてでした。一《ひと》月後の六月、ひそかに姫宮のお邸に伺いました。応対に出た女房が、取り次ぎのため奥に入った時、中納言も後について入ってしまいました。気分が悪いと言う姫宮の言葉をそのまま伝えるしかないと女房が立ち去ると、その隙《すき》に中納言は姫宮の部屋に入ったのです。しかし困りきった姫宮の様子に、中納言は気の毒に思い何事もなく、そして歌を詠んだのでした。二人の間の隔てはどうしてなくならないのでしょうと。

　この物語の中には、菖蒲の根合わせや歌合わせの場面がありますが、このようなことが、頻繁に行われたのは平安時代後期、藤原頼通等に後援された後宮文芸サロン、後朱雀帝祐子内親王・禖子内親王姉妹のサロン等でのことです。

中納言も退出なさろうとして、「階《はし》のもとの薔薇《そうび》も」と白楽天の漢詩の一節を吟唱なさるのを、若い女房たちは、このまま後を慕って行きたいというほど、聴き惚れておりました。

中納言は、かの姫宮あたりにも、「すっかりご無沙汰してしまったが」とお訪ねしようとお思いになるが、「もうすっかり夜も更けてしまったようだから」と、邸に帰り、横になりましたが、眠ることが出来ません。ふと「(夏の夜を寝ぬに明けぬと言ひおきし) 人は物をや思はざりけむ」と、つぶやきなさいました。

翌日、菖蒲の節句も過ぎましたが、名残惜しくてか、菖蒲色《あやめいろ》の紙を何枚も重ねて、その上に、

昨日こそひきわびにしかあやめ草ふかきこひぢにおり立ちし間に

(昨日は菖蒲の根を引くのにつらい思いをして、わびしく過ごしました。深い小泥《こひじ》(恋路) に降り立ったままで)

と、姫宮に申し上げなさいましたが、いつものように何のご返事もないのを嘆いているうちに、むなしく五月《さつき》も過ぎてしまったのでした。

また、この物語は唯一成立に関する資料が存在する短編物語でもあります。天喜三 (一〇五五) 年五月三日に行われた「六条斎院禖子内親王物語歌合」に提出された十八篇の物語の〈八番〉左　に、『あふさか越えぬ権中納言』作者　こしきぶとして、

きみがよのながきためしにあやめぐさちひろにあまるねをぞひきつる

という歌が記録されています。まさに物語題として時機にふさわしく、めでたい作品という評価を得たに違いありません。あるいはこの歌合わせに提出するために、小式部がこの物語を作ったのかもしれません。作者が小式部ということですが、どのような女性であったか、はっきり知られてはいません。諸説あってここに紹介すると、

1　下野守藤原義忠女説
2　大和守藤原義忠女説
3　藤原道長女嬉子の乳母、紀伊守源致時女の従三位源隆子説
4　祐子内親王家女房 (『更級日記』作者菅原孝標女と同僚) 説

などです。

連想　この物語を読んで、平安時代後期の人たちは、何を

「土さへ割れて照る日」という六月《みなづき》の日差しの下《もと》で、中納言は、片思いの涙に濡れた袖が乾く間もなく悲しみに沈んでおられました。十日過ぎの月が隈なく照らす夕方、姫宮のもとにこっそり人目をしのんでお出かけになりました。まず宰相の君に面会をお求めになると、

「こちらが恥ずかしくなるほどご立派なお方に、どうしてお話し申し上げ出来るでしょう」

とは言うものの、

「そうかと言ってお会いしないと、常識はずれだと思われないかしら」

と思って、妻戸を押し開けて中納言と対面しました。中納言の着物にたきしめた香りがただよい、こちらまで移るような気がしました。優雅に心を込めて思いを伝え続けることなどは、物のあわれを解しないという陸奥《みちのく》の夷《えびす》でもよくわかるに違いありません。

「いつものように無駄ではあっても、お取り次ぎいただいて『お気持ちはわかりました』という、姫宮のお言葉だけでもいただきたい」

と責めなさるので、宰相の君は、

「さあ、どうでしょうね」

と、ため息をついて奥に入っていくと、中納言は、そっと後について入ってしまいました。


連想したでしょうか。まず、主人公の中納言から連想するのは、中納言と中宮の関係です。『枕草子』清涼殿の丑寅の隅の（二十段）の場面には、中宮定子と兄の大納言（伊周）が登場します。女房の清少納言がただただ素晴らしいと感激する場面です。

また、平安後期に中宮を姉妹に持つ貴公子で、宮家の姫君と結婚したことで知られるのは、藤原頼通です。宮家の姫君とは、具平親王女隆姫のことです。同時代を過ごした貴族の人たちは、彼らの人となりを知っている人もいたでしょうし、うわさ話を聞いた当時の読者もいたことでしょう。後にこの短編物語を読んだ時、モデルはもしやあのお方かも知れない、と思った人もいたかもしれません。藤原道長の子頼通は、各々姉妹が入内し、彰子が一条帝に、妍子が三条帝に、威子が後一条帝に、嬉子が後朱雀帝に仕えました。そして頼通の女寛子は後冷泉帝に、養女の嫄子（父敦康親王・母具平親王女）は後朱雀帝に入内しました。頼通は実に一条・三条・後一条・後朱雀・後冷泉の五帝に仕え、特に寛子皇后や祐子内親王・禖子内親王姉妹のサロン等を援助し、後宮文芸サロン形成に加担しました。

一方、『源氏物語』の影響かと思われる場面もあります。根合わせの時の中納言と三位中将が左右に分かれて競う場面は、『源氏物語』での、光源氏とライバルでもある頭中

宰相の君は、姫宮が横になっていらっしゃる所に近寄って、

「時々は、廂《ひさし》の間《ま》にでも出られて、お涼みなさいませ。あまり奥にこもってばかりいても」

と言って、

「またいつものように、中納言様が困ったことをおっしゃいます。言いようもなく思い詰めたご様子は、これまで以上にお気の毒にお見受けしました。『ただ一言、私の気持ちをお伝えしたくて伺いました。もう「野にも山にも」身を隠したい』と愚痴をこぼすので、困っております」

と申し上げると、姫君は、

「どうしたのかしら。いつもと違って、気分がよくないの」

とおっしゃいます。

「お返事はどういたしましょう」

と申し上げると、

「いつもなら、お前が私に、どうするか教えているのに」

と、お返事なさるそぶりも、まったくお見せにならないので、

「仕方がありません。この通りありのままに申し上げましょう」

と言って立ち去ると、その声をたよりに中納言は、姫宮の

将とが冷泉帝のもとで絵合わせを競う場面を連想します。また、主人公の中納言のイメージは、貴公子で才能もあり、慎重で着実ながらも女性の心を捉えることが出来ず、挫折と憂いを抱える男性の姿です。薫の君と宇治の大君や浮舟との関係を連想してしまいます。そのほかにも『源氏物語』に詠まれた歌を思い起こすような場面や歌が、この短編物語にはあると思われます。

部屋を探し当ててお入りになりました。

姫君のどうしようもなく驚き当惑している様子が、あまりにお気の毒なので、

「身の程知らずの無礼なふるまいは、決していたしません。ただ一言、お言葉を」

と、言い終わらないうちに、はらはらと涙をこぼす中納言の様子は、これほど美しくすばらしい方はいないのではないかと思われました。

宰相の君が、外に出てみても、誰もいません。「返事を聞いてから、お帰りになるだろうに。誰かほかの女房とお話しなさっているのでしょう」と思って、しばらくお待ちしていたが、お見えにならないので、

「かえってがっかりするような返事は聞かない方がよい」などとお思いになって、お帰りになったのでしょう。お気の毒なご様子だったのに。「もし私なら、そんな思いはさせないのに」とでも思ったのでしょうか、意味のない物思いにしばらくふけって、姫君のお部屋のことに気が回らなかったのは、迂闊《うかつ》なことでした。

姫宮は、さすがに困りきっているように見えましたが、気強くふるまわれて、そのまま夜が明けていきました。中納言も、事を荒立てて姫宮を困らせることはなさいません

でした。姫宮の心を推し量ったのでしょうか。

「つらい」とはお思いになっても、すぐに帰る気にはなりませんでしたが、「もし見る人がいたら、何かあったように思うだろう」と、姫宮のことがお気の毒で、

「今後も、私につれない顔をなさるなら、嘆かわしく思います。『それにしてもやはり私につらく当たろう』とお思いなのですか。他の人たちは、私達二人の関係を、そうだとは思わないでしょう」

と言って、詠みました。


うらむべきかたこそなけれ夏衣うすきへだてのつれなきやなぞ

（恨みようもございませんが、夏衣のような薄い隔てぐらいに近づいたのに、そのつれなさはどうしてなのでしょう）

ぎぼうし　花が横向きに咲く上品な花

貝合

貝合

九月《ながつき》の有明の月の美しさに誘われて、蔵人《くろうど》の少将は、指《さし》貫《ぬき》の裾を歩きやすいよう上手にたくし上げて、お供にただ一人小舎人童《こどねりわらわ》を連れて、そのまま朝になっても人影を隠してしまうほど、霧が一面に立ち込めている中、

「いかにも風流だと思われる邸《やしき》で、門の開いている所があるといいなあ」

と言って歩いて行きました。すると、風情ある木立のある家から琴の音がほのかに聞こえてくるので、大そう嬉しくなって周りをめぐりました。門の脇などに「築地《ついじ》の崩れなどないかな」と見たのですが、まったく築地は完全なので、かえってがっかりして、「どういう人がこのように風流に弾いているのだろう」と無性《むしょう》に知りたいと思いましたが、どうしたらよいかわかりませんでした。それでいつものように、随身《ずいじん》の小舎人童に声を出させて歌わせなさいました。

　行くかたも忘るるばかり朝ぼらけひきとどむめる琴の
　声かな

（行き先も忘れてしまうほど、明け方歩む私の足を引きとめる、すばらしい琴の調べですね）

原文

長月の有明の月にさそはれて、蔵人の少将、指貫《さしぬき》つきづきしく引き上げて、唯一人、小舎人童《こどねりわらは》ばかり具して、やがて、朝霧もよく立ちかくしつべく、隙《ひま》なげなるに、

「をかしからむ所の、あきたらむもがな」

と言ひて歩み行くに、木立をかしき家に、琴《きん》の声ほのかに聞ゆるに、いみじう嬉しくなりてめぐり、門《かど》のわきなど、「崩れやある」と見けれど、いみじく、築地《ついぢ》などまたきに、なかなか侘しく、「いかなる人の、かく弾《ひ》き居たるならむ」と、理《わり》なくゆかしけれど、すべきかたもおぼえで、例の、声出ださせて随身にうたはせ給ふ。

　行くかたも忘るるばかり朝ぼらけ
　　ひきとどむめる琴《こと》の声かな

とうたはせて、まことに、暫し「内《うち》より人や」と、心ときめきし給へど、さもあらねば、口惜しくて歩み過ぎたれば、いと好ましげなるわらはべ、四五人《よたりいつたり》ばかり走りちがひ、小舎人童《こどねりわらは》・男《をのこ》など、をかしげなる小箱やうの物を捧げ、をかしき文《ふみ》、袖の上にうち置きて、出で入る家あり。

「何わざするならむ」とゆかしくて、人目見はかりて、やをら、はひ入りて、いみじく繁き薄の中に立てるに、八九《やつここのつ》ばかりなる女子《をんなご》の、いとをかしげなる薄色の袙《あこめ》・紅梅などしだれ着たる、小さき貝を瑠璃《るり》の壺に入れて、あなたより走る様のあわただしげなるを、「をかし」と見給ふに、直衣《なほし》の袖を見て、「ここに、人こそあれ」と何心もなくいふに、侘しくなりて、

「あなかまよ。聞ゆべきことありて、いと忍びて参り来たる人。そと寄り給へ」

といへば、

「明日の事思ひ侍るに。今より暇《いとま》なくて、そそき侍るぞ」

と歌わせて、しばらく待てば、本当に「家の中から誰か出てこないかな」と胸をときめかせておいでになりました。しかしそういう気配もなく、残念に思いながら通り過ぎていくと、とても感じの良い女童《めのわらわ》が四、五人ほど走りちがい、小舎人童や男どもが趣きある小箱のような物を捧げ持ち、風流な体裁の手紙を袖の上に載せて、出たり入ったりする邸がありました。


「いったい何をするのだろう」と知りたくて、人目を見はからってそっと忍び入り、うっそうと茂った薄の中に立っていると、八、九歳ほどの女の子で、とてもきれいな薄紫色の袙《あこめ》に紅梅色の上着をだらりと着た子が、小さな貝を瑠《る》璃《り》の壺に入れて向こうから走ってきました。その様子があわただしそうで、「かわいいなあ」とご覧になっていると、少将の直衣《のうし》に気がついて、「ここに誰かいるわ」と何ということもなく言うので、困ってしまい、

「静かにして下さい。申し上げたいことがあって、こっそり伺って参った者です。ちょっとこちらにお寄りなさいな」

と言うと、

「明日のことを思いますと、今から忙しくて、落ち着かな

と、さへづりかけて、往《い》ぬべく見ゆめり。をかしければ、

「何事の、さ、いそがしくは思《おぼ》さるるぞ。まろをだに『思はむ』とあらば、いみじうをかしき事も加へてむかし」

と言へば、名残なく立ちとまりて、

「この姫君、上、外《と》の御方の姫君と、『貝合《かひあはせ》せさせ給はむ』とて、月ごろいみじく集めさせ給ふに、あなたの御方は、大輔《たいふ》の君・侍従の君と、『貝合《かひあはせ》せさせ給はむ』とて、いみじく求めさせ給ふなり。まろが御前は、唯、若君一所《ひとところ》にて、いみじく理《わり》なくおぼゆれば、只今も『姉君の御許に人遣らむ』とて。罷《まか》りなむ」

と言へば、

「その姫君たちの、うちとけ給ひたらむ、格子《かうし》のはざまなどにて、見せ給へ」

といへば、

「人に語り給はば。母もこそのたまへ」

とおづれば、

「物ぐるほし。まろは、更に物言はぬ人ぞよ。唯、『人に勝たせ奉らむ、勝たせ奉らじ』は、心ぞよ。いかなるにか。いと、物けぢかく」

とのたまへば、万《よろづ》もおぼえで、

「さらば帰り給ふなよ。かくれ作りてすゑ奉らむ、人の起きぬさきに。いざ給へ」

とて、
　西の妻戸に、屏風押し畳み寄せたる所にすゑ置くを、「ひがひがしく、やうやうなり行くを、をさなき子を頼みて、見もつけられたらば、よしなかるべきわざぞかし」など、思ふ思ふはざまより覗《のぞ》けば、十四五ばかりの子ども見えて、いと若くきびはなるかぎり、十二三人ばかり、ありつる童《わらは》のやうなる子どもなどと、手毎に小箱に入れ、物の蓋《ふた》に入れなどして、持ち違《ちが》ひさわぐ中に、母屋《もや》の簾《すだれ》に添へたる几帳のつまうち上げて、さし出でたる人、わづかに十三ばかりにやと見えて、額髪《ひたひがみ》のかかりた

いのですよ」

と、早口でまくしたてて、行ってしまいそうに見えました。

　女の子の言うことがおかしかったので、少将は、

「何があって、そんなに忙しくお思いなのですか。せめてわたしを『頼りに思おう』というのでしたら、とてもすばらしいことをして協力しますよ」

と言うと、ためらいなく立ち止まって、

「こちらの姫君と、母違いの姫君とで『貝合わせをなさりたい』と言って、数か月前から、沢山集めておられますが、あちらの方では、大輔《たいふ》の君や侍従《じじゅう》の君が『貝合わせなさいます』と言って、たいそうお探しになっておられるそうです。こちらの姫君は、頼りになるのが弟の若君ただお一人で、もうどうしようもなく思われて、今も『姉君の所に使いをやりましょう』

という事でした。では失礼致します」

と言うので、

「そのお二人の姫君がくつろいでいらっしゃる所を、格子の間からでも見せて下さいよ」

と言うと、

「そんなことをして、人にお話しになったら困ります。母もいつもおっしゃってますから」


る程より始めて、この世の物とも見えず美しきに、萩襲《はぎかさね》の織物の袙《あこめ》、紫苑色《しをんいろ》など押し重ねたる、頬杖《つらづゑ》をつきて、いと物悲しげなり。

「何事ならむ」と、「心苦し」と見れば、十ばかりなる男《をのこ》の、朽葉《くちば》の狩《かり》衣《ぎぬ》、二藍《ふたあゐ》の指貫《さしぬき》、しどけなく着たる同じやうなる、わづかに、硯の箱よりは見劣りなる紫檀《したん》の箱の、いとをかしげなるに、えならぬ貝どもを入れて持て寄る。見するままに、

「思ひよらぬ隈《くま》なくこそ。承香殿《そきやうでん》の御方などに参りて、聞えさせつれば、これをぞ求め得て侍りつれど。侍従の君の語り侍りつるは、『大輔の君は、藤壺の御方より、いみじく多く賜はりにけり』とて、残る隈なくいみじげなるを。いかにせさせ給はむずらむと、道のまも思ひまうで来つる」

とて、顔も、つと赤くなりて言ひ居たるに、
　いとど姫君も心細くなりて、

「なかなかなる事を、言ひ始めてけるかな。いとかくは思はざりしを。ことごとくこそ求め給ふなれ」

との給ふに、

「などか求め給ふまじき。『上は、内《うち》ノ大臣殿《おほいどの》のうへの御許までぞ、請ひに奉り給ふ』とこそはいひしか。これにつけても、母のおはせましかば。あはれ、かくは」

とて、涙もおとしつべき気色をも、をかしと見るほどに、この、ありつる童、

「東の御方渡らせ給ふ。それ隠させ給へ」

と言へば、塗《ぬ》り籠《こ》めたる所に、皆取り置きつれば、つれなくて居たるに、初の君よりは、少しおとなびてやと見ゆる人、山吹・紅梅・薄朽葉、あはひよからず、着ふくだみて、髪いと美しげにて、長《たけ》に少し足らぬなるべし。こよなくおくれたりと見ゆ。

「若君のもておはしつらむは。など見えぬ。かねて『求めなどはすまじ』と、たゆめ給ふにすかされ奉りて、万は、つゆこそ求め侍らずなり

と怖がるので、

「ばかなことを言わないでください。私は、決して人には言いませんよ。ただ、『姫君を勝たせ申し上げるか、勝たせ申し上げないか』は、私の気持ち次第ですよ。どうですか。さあ、姫君の近くに案内して下さい」

とおっしゃると、女の子は、何もかも忘れて、

「それならばお帰りなさらないで下さいよ。隠れ場所を作って、お据えいたしましょう。人が起きないうちに、さあ、どうぞ」

と言って、

西の妻戸《つまど》の、屏風《びょうぶ》をたたんで寄せてある所に、少将を隠し据えましたが、少将は、「だんだん困ったことになっていくなあ。幼い子を当てにして、見つけられてしまったら、さぞ困ったことになるだろうよ」と思い思いしながら、隙間から覗いてみると、十四、五歳ほどの女の子が見えて、まだ若くて幼い子ばかり十二、三人、それに先ほどの童のような女の子たちが、各々貝を手に取り、小箱に入れたり物の蓋に入れたりして、行き来しながら騒いでいます。その中に、母屋《おもや》の簾《すだれ》に添えた几帳《きちょう》の裾をまくしあげ、身をのり出している人がいました。わずか十三歳くらいだろうかと見えて、額髪《ひたいがみ》のかかった顔つきをはじめ、この世のものとも思えないかわいらしさで、萩襲《はぎがさね》の織物の袙《あこめ》に紫

にけれど。いと悔しく、さりぬべからむものは、分け取らせ給へ」などいふさま、いみじうしたり顔なるに、にくくなりて、「いかで、此方《こなた》を勝たせてしがな」と、そぞろに思ひなりぬ。この君、

「ここにも、外までは求め侍らぬものを。我が君は何をかは」

と答へて、居たるさまうつくし。うち見まはして渡りぬ。

このありつるやうなる童、三四人《みたりよたり》ばかりつれて、「我が母の、常に読み給ひし観音経。わが御前負けさせたてまつり給ふな」と、唯この、居たる戸のもとにしも向きて、念じあへる顔、をかしけれど、「ありつる童やいひ出でむ」と思ひ居たるに、立ち走りてあなたにいぬ。いとほそき声にて、

かひなしとなに嘆くらむしら波も
君がかたにはこころよせてむ

といひたるを、さすがに耳とく聞きつけて、

「今かたへに。聞き給ひつや」

「これは、誰《た》がいふべきぞ」

「観音の出で給ひたるなり」

「うれしのわざや。姫君の御前に聞えむ」

と言ひて、さ言ひがてら、恐しくやありけむ、つれて走り入りぬ。

「よしなき事を言ひて、このわたりをや見顕《みあらは》さむ」と、胸つぶれて、さすがに思ひ居たれど、唯、いとあわただしく、

「かうかう念じつれば、仏ののたまひつる」

と語れば、いと嬉しと思ひたる声にて、

「まことかはとよ。恐しきまでこそおぼゆれ」

とて、頬杖《つらづゑ》つきやみて、うち赤みたるまみ、いみじく美しげなり。

「いかにぞ。この組入《くみいれ》の上より、ふと物の落ちたらば」

「まことの、仏の御徳とこそは思はめ」

など言ひあへるはをかし。

苑色《おんいろ》の上着などを重ね着して、頬杖をついて、とても憂鬱そうな様子でした。

「どうしたのだろう」「かわいそうに」と思って見ていると、十歳ほどの男の子が朽葉色《くちばいろ》の狩衣《かりぎぬ》に、二藍《ふたあい》の指貫《さしぬき》を着慣れた風に着て、先ほどの姫君によく似ていると思われました。

　硯の箱よりは、わずかに小さな紫檀《したん》の箱でたいそう立派なものに、みごとな貝を入れて、持ち寄ってきました。それを姫君に見せながら、

「心当たりのある所は、全部探しました。承香殿《そぎょうでん》の女御のお方のもとに参上してお願いしましたら、これを探し求めて来て下さいました。でも、あちらの侍従の君のお話しなさったことは、『大輔の君は、藤壺のお方からたくさんいただきました』と言って、残る隈なく探し出したようです。そうすると、こちらはどうするおつもりなのだろうと、道々心配しながら帰って参りました」

と、顔を紅潮させて言いながら、座っておりました。

　姫君も大そう心細くなって、

「かえって余計なことを言い出してしまったわね。こんなことになるとは、思いもしなかったわ。あちらでは、大騒ぎして貝を求めておられるようね」


「疾《と》くかへりて、いかで、これを勝たせばや」と思へど、昼は出づべき方もなければ、すずろに能く見暮して、夕霧に立ち隠れて、紛れ出でてぞ。

　えならぬ洲浜《すはま》の、三まがりなるを、うつぼに作りて、いみじき小箱をすゑて、いろいろの貝をいみじく多く入れて、上には白銀《しろがね》・こがねの蛤《はまぐり》・虚貝《うつせがひ》など隈《くま》なく蒔《ま》かせて、手はいとちひさくて、

　　しら浪にこころをよせて立ちよらば
　　　かひなきならぬ心よせなむ

とて、ひき結びつけて、例の随身に持たせて、まだあかつきに、門のわたりをたたずめば、昨日の子しも走る。

　うれしくて、

「かうぞ。はかり聞えぬよ」

とて懐よりをかしき小箱を取らせて、

『誰《た》が』ともなくて、さし置かせて来給へよ。さて、今日のあり様のぞかせ給へよ。さらば又々も」

と言へば、いみじく喜びて、唯、

「ありし戸口。そこは、まして今日は、人もや。あらじ」

とて入りぬ。

洲浜《すはま》、南の高欄《かうらん》に置かせて、はひ入りぬ。やをら見通し給へば、唯、同じ程なる若き人ども、二十人ばかり、さうどきて格子あげそそくめり。この洲浜を見つけて、

「あやしく」

「誰がしたるぞ」

「誰がしたるぞ」

といへば、

「さるべき人こそなけれ」

「おもひ得つ。この、昨日の仏のし給へるなめり」

「あはれに、おはしけるかな」

と、よろこびさわぐさまの、いと物ぐるほしければ、いとをかしくて、

とおっしゃると、

「どうして探し求めないことがありましょう。『あちらの母上は、内大臣の北の方の御もとまで、頂きに人をうかがわせなさる』と言っておりました。それにつけても、母上が生きておられたらなあ。ああ、こんなことにはならなかったろうに」

と、涙をこぼしそうな姉弟の様子を、少将はかわいいなと思いながら眺めていると、あの先ほどの童が、

「東の対《たい》の姫君がこちらにお出でになります。その貝をお隠しなさいませ」

と言うので、納戸《なんど》に貝を全部片づけてしまって、素知らぬ風をしていると、初めに見た姫君よりは、少し大人びているかと思われる人がお見えになりました。山吹、紅梅、薄《うす》朽葉《くちば》の襲《かさね》の配色も良くなく、着ぶくれして、でも髪だけはなかなか美しく、長さは身の丈に少々足りないくらいでした。こちらの姫君に比べて格段に見劣りすると、少将には見えたのでした。

「弟君が持っておいでになったという貝は、どうして見当《みあ》たらないの。以前から『探し求めなどは致しません』と、私を油断させなさったのにだまされて、全く少しも探し求めずに居りましたこと、本当に悔しくて。良い貝がありま

見ゐたまへりとや。

鑑賞の楽しみ

構想　まだ若い青年貴族の蔵人《くろうど》の少将が、有明の月の美《めで》しい明け方、風流を求めてそぞろ歩きをしていると、女童《わらわ》や若い男どもが忙しそうに出入りしている邸《やしき》がありました。何をしているのか女の子に聞いてみると、仕えている母のない姫君と、今の北の方を母に持つ腹違いの姫君が貝合わせをすることになったのだと言います。こちらは弟君がつても少ない中一人頑張って集めようとしているのですが、向こうは北の方の縁故を頼り、女房たちが大掛かりに探しているのだとか。少将は協力するから姫君を見せてくれと頼みました。風流な垣間見は、貝合わせの準備で忙しいかわいらしい少女たちの様子を眺めることに変わりました。覗いてみると、十数人の若い女の子の中に身をのり出しているかわいらしい女の子がおりました。そこへ弟君が集めた貝を持ってきて、向こう側の姫君は有力なお方にお願いして探していることを伝え、母がいないことを嘆くのでした。そんな時、向こう側の姫君が現れました。様子を探りに来たようです。かわいらしくて健気《けなげ》な姫君と、北の方のバックを持つ思いやりのない姫君との対照を見て、

した時は、分けて下さいね」

など言う様子はたいそう得意顔なので、少将は憎らしくなって、「何とかして、こちらを勝たせてあげたいものだ」と、やたらに思うようになりました。こちらの姫君は、

「こちらだって、よそにまで探し求めたりしませんのに。あなたは何をおっしゃるのですか」

と答えて座っている様子はかわいらしいのでした。東の対の姫君はあたりを見回して帰って行きました。

先ほどの童のような女の子が、三、四人連れだってやって来て、「私の母が、いつも読んでおられた観音経よ、私のご主人の姫君を負けさせないで下さいな」と、なんと少将の隠れていた戸の方に向いて、皆でお祈りする顔はかわいらしいと思ったけれど、「さっきの女の子が自分のことを言い出すのではないか」と心配していたところ、その女の子は、走って向こうに行ってしまったのでした。少将はか細い声で、

かひなしとなに嘆くらむしら波も君がかたにはこころよせてむ

（貝がないと、祈っても甲斐がないと、どうして嘆いているのですか。白波が潟に寄せるように、まだ知られていない私も、あなたの方に心を寄せて、応援しま

少将はこちらの姫君を勝たせてあげたいと思いました。女の子たちは観音様にお願いすると言い、少将が隠れている方に向かってお祈りを始めました。応援したいと思っていた少将は、つい歌を詠んだところ、観音様がお出でになったと喜んでいるようです。次の日少将は、立派な州浜《すはま》に美しい貝を敷き詰めた小箱を持参して、随身《ずいじん》に南の高欄に置かせて、隠れ場所で様子をうかがいます。女の子たちは、昨日の仏様のなさったことだと喜んでいたのでした。少将はすっかり嬉しくなり、これから始まるだろう貝合わせの様子を、満足げに見守ったことでしょう。

冒頭の、有明けの月の美しい明け方、風流を求めて若い貴公子《きこうし》がそぞろ歩きをしている場面は、読者にとってもこれからどんな女性が登場するかと期待しますが、貴公子の前に現れるのは、かわいらしい少女たちばかりです。お仕えする姫君のために貝合わせの準備に奔走《ほんそう》する少女たち、その健気な少女たちと母のいない境遇の姫君に心を動かされた貴公子。何とか応援したいと思う気持ちには何の代償をも求めない純粋な貴公子《きこうし》の思いです。

風流を求めて始まったこの物語は、観音経のお陰を信じて喜ぶ少女たちの無邪気な様子が生き生きと描かれ、思いがけない結末の珠玉の短編物語であった、といえるでしょう。後味の良さも感じられます。

しょう）

と歌を詠んだところ、さすがに耳ざとく聞きつけて、

「今そばで声が。お聞きになりましたか」

「これはおかしい。誰も言うはずないのに」

「観音様がお出でになられたのだわ」

「なんと嬉しいこと。姫君様のお前に行って申し上げましょう」

と言って、そうは言いながらも、恐ろしかったのでしょうか、連れ立って走って中に入ってしまいました。

「つまらない歌を詠んだので、このあたりを探して見つけ出されるかもしれない」と、どきどきしながら心配していましたが、女の子たちはただせかせかしながら、

「このようにお祈りしましたら、仏様がおっしゃいました」

と話すと、姫君はとてもうれしそうな声で、

「本当かしら。ありがたすぎて、かえって怖くなってしまうわ」と言って、頬杖つくのをやめて、ほんのり赤く染まった目元は、大そう美《うつく》し気にみえました。

「どうでしょう。この格《ごう》天井から、ふっと貝が落ちてきたら」

連想　この作品の作者も成立時期も不明ですが、現存最古の貝合わせの記録として、長久元（一〇四〇）年五月六日庚申「斎宮良子内親王貝合」があります。これ以後に影響を受け、この物語が作られたとも考えられます。また、鎌倉時代に作られた物語歌集『風葉和歌集』に、

人人つどひはべりて貝合しはべけるところに、まけなんずとをさなきもののなげきけるに、たれともなくていひける　かひあはせの蔵人少将

かひなしとなになげくらん白浪も君がかたにはこころよせてん

と、この物語『貝合』の登場人物である蔵人の少将の歌として載っています。この短編物語『貝合』は、当時の人々に読まれ、親しまれていたことがわかります。

若い貴公子の蔵人の少将が少女たちを応援したいと思った動機の一つに、母君のいない境遇の姫君への同情もあったのではないかと思われます。これは、『住吉物語』や『落窪物語』の継子いじめの話を思い出させます。確かな後ろ盾のない姫君と、母親のいる腹違いの姉妹が貝合わせをすれば、貝を集めるのに苦労し、辛い思いをするのは、後ろ盾もなく立派な貝など集められるはずもない姫君の方です。しかし観音様のような蔵人の少将のお陰で、すばら

「本当の、仏様の功徳《くどく》と思いましょう」

などと、皆で言い合っている様子はなかなか良いものでした。

「早く帰って、何とかしてこちらを勝たせたい」と少将は思うけれど、昼は出ていく方法もないので、なんとなくあたりをよく見ながら過ごして、夕霧が立ち込めたころ、霧に紛れて出て行きました。

えも言われぬ立派な州浜《すはま》の台に、三つ湾曲した海岸を作り、中は空洞にしてしゃれた小箱を据えて、その中にいろいろな貝をやたら多く入れて、上には銀や金の蛤《はまぐり》・虚貝《うつせがい》などを、隙間なく敷き詰めさせて、添え文の文字は小さめに、

しら浪にこころをよせて立ちよらばかひなきならぬ心よせなむ

(知らない私に波が寄せるように心を寄せて下さるなら、貝がないことのないように頼りがいのある味方になりましょう)

と書いて結びつけて、例の随身に持たせて、まだ夜明け前のころ、門のあたりにたたずんでいると、昨日の女の子が走ってきました。少将はうれしくて、しい貝を手に入れることができました。ここで物語は終わります。その後の貝合わせの様子は書かれていません。きっと母のいない姫君の方が勝って、少女たちも弟君も大喜びしている場面を、読者は想像し、さらに庭から貝合わせの様子を眺めて嬉しそうな蔵人の少将を、読者は思い描くことでしょう。

この作品の作者は、短編の効果的技法をよく知っていたように思われます。継子いじめの物語を連想させながら、視点を変えて無邪気で健気な少女たちとのテンポの良い会話で場面展開させ、ついには蔵人の少将の好感もてる態度が、この物語のテーマに近づいているように考えられます。そして何とも言えないさわやかな展開の作品となりました。

「こんなものを持ってきましたよ。だましたりはしませんよ」

と言って、懐《ふところ》からしゃれた小箱を出し、女の子に与えて、

「『誰から』と知らせないで、この随身に置かせてきて下さいね。それで今日の様子をのぞかせて下さいね。そしたらまた応援しますよ」

と言うと、女の子は大喜びして、ただ、

「昨日の戸口。そこは、まして今日は人もいるでしょうか。いないでしょう」

と言って、中に入ってしまいました。

少将は、州浜を南の高欄に置かせて、昨日の隠れ場所に這うようにして入り込みました。

そっと見まわしなさると、ただ、同じ年恰好の若い女の子たちが二十人ほど、音を立てて格子を上げ騒いでいるようです。この州浜を見つけて、

「不思議ね」

「誰がしたの」

「誰がしたの」

と言うと、

「心当たりはないけれど」

「思い当たりました。あの、昨日の仏様がなさったのでしょうよ」

「なんと慈悲深くいらっしゃることでしょう」

と、喜び騒ぐ様子があきれるほどだったので、少将はすっかり嬉しくなって、その光景を腰を落ち着けてご覧になっておられたとかいうことです。

すすき　尾花、カヤ、秋の七草

思はぬ方にとまりする少将

思はぬ方にとまりする少将

昔物語などにこそ、このような話は聞こえてきますが、めったにないほどしみじみと心に染みて、浅からぬ前世からのご縁だと思われる、あるお話があります。つくづく思い続けると、あれから随分長い年月が経《た》ってしまったのだと、しみじみと思い知らされるのでございます。

ある大納言に二人の姫君がいらっしゃいました。よく物語に褒めて書かれる姫君に劣るはずもなく、何事につけても立派に成長なさいましたが、父大納言も母上も相次いでお亡くなりになったので、大そう心細い状態で古いお邸に、物思いがちに過ごしておられました。頼りになる乳母役の人もいないのでした。

ただ、いつもお側にいる侍従・弁などという若い女房だけがお仕えして、年が経つにつれ人の出入りもまれになるばかりのお住まいに、大そう心細い思いでいらっしゃいました。

そんな時、右大将の御子の少将が、つてがあって姫君たちのことを知り、熱心に求婚なさいましたが、このような男女の事など夢にも思い寄らぬことで、お返事するなど考えてもいないうちに、少納言の君といって大そう色恋好き

原文

昔物語などにぞ、かやうの事は聞ゆるを、いとありがたきまであはれに、浅からぬ御契《おんちぎり》のほど見えし御事を、つくづくと思ひ続くれば、年の積りにけるほども、あはれに思ひ知られけり。

大納言の姫君、二人ものし給ひし、まことに、物語に書きつけたる有様に劣るまじく、何事につけても、生ひ出で給ひしに、大納言も母上も、うち続きかくれ給ひにしかば、いと心細き故里《ふるさと》に、詠《なが》め過ぐし給ひしかど、はかばかしく御乳人《おんめのと》だつ人もなし。

唯、常に候ふ侍従・弁などいふ若き人々のみ候へば、年に添へて人目稀になりゆく故里に、いと心細くておはせしに、右大将の御子の少将、知るよしありて、いとせちに聞えわたり給ひしかど、かやうの筋は、かけても思しよらぬ事にて、御返り事など思しかけざりしに、少納言の君とて、いといたう色めきたる若き人、何の便りもなく、二所《ふたところ》おほとのごもりたる処へ、導き聞えてけり。

もとより御志ありけることにて、姫君をかき抱きて、御帳《みちゃう》の内へ入り給ひにけり。思しあきれたるさま、例の事なれば書かず。

おしはかり給ふにしもすぎて、あはれに思さるれば、うち忍びつつ通ひ給ふを、父の殿聞き給ひて、

「人のほどなど、口惜しかるべきにはあらねど、何かは。いと心細き所に」

など、許しなくの給へば、思ふほどにもおはせず。女君も、暫しこそ忍び過ぐし給ひしか、さすがに、さのみはいかがおはせむ。さるべきに思し慰めて、やうやう、うち靡《なび》き給へるさま、いとどらうたくあはれなり。昼などおのづから、寝過ぐし給ふをり、見奉り給ふに、いとあてにらうたく、うち見るより心苦しきさまし給へり。

何事もいと心憂く、人目稀なる御住まひに、人の御心もいと頼み難く、「いつまで」とのみ詠められ給ふに、四五日いぶせくて積りぬるを、「思

の若い女房が、突然お二方の寝所に導き入れたのです。

少将は、もともと姉君にお気持ちがあったので、姉君を抱きかかえて御帳台《みちょうだい》の中へお入りになってしまいました。姫君の驚きあきれる様は、物語によくある話なので書きません。

想像しておられた以上に美しかったので、少将は姫君をかわいいとお思いになり、人目を忍んでお通いになっておりますと、父の右大将殿がお聞きになって、

「相手の身分や家柄など不足があるわけではないけれど、どうしてそんなに心細い暮らしの女の所に通うのか」

など、きびしくおっしゃるので、少将は思うようには通うことができません。姉君も初めの頃しばらくは、避けるような様子でしたが、さすがにいつまでもそのままのお気持ちでいるわけにもいかず、そういうものだと思い自ら慰めて、次第に少将に心を寄せていく様子は、ますますいとおしくかわいいと思われました。昼などつい寝過ごしてしまわれた時姉君をご覧になると、とても気品がありいじらしく、何とかしなくてはと思われるのでした。

姉君は何事も情けなく思われ、人の姿もまれなお住まいで、少将の御心もあまり当てにできず「いつまで続くかしひし事かな」と心ぼそきに、御袖ただならぬを、我ながら「いつ習ひけるぞ」と思ひ知られ給ふ。

人ごころ秋のしるしの悲しきは
かれ行くほどのけしきなりけり

など、「手習に、馴れにし心なるなむ」などやうにうち歎かれて、やうやう更け行けば、唯、うたたねに、御帳の前にうち臥し給ひにけり。

少将、内より出で給ふとておはして、うち叩き給ふに、人々おどろきて、中の君起し奉りて、我が御方へ渡し聞えなどするに、やがて入り給ひて、「大将の君の、あながちに誘ひ給ひつれば、長谷《はせ》へ参りたりつる程の事」など語り給ふに、ありつる御手習ひのあるを見給ひて、

常磐《ときは》なる軒のしのぶを知らずして
枯れゆく秋のけしきとや思ふ

と書き添へて見せ奉り給へば、いと恥づかしうて、御顔引き入れ給へるさま、いとらうたく児《こ》めきたり。

かやうにて明し暮し給ふに、中の君の御乳人《めのと》なりし人はうせにしが、むすめ一人あるは、右大臣の少将の御乳母人《おんめのとご》の左衛門の尉《じょう》といふが妻《め》なり。たぐひなくおはする由を語りけるを、かの左衛門の尉、少将に、

「しかじかなむおはする」

と語り聞えければ、按察使《あぜち》の大納言の御許《おんもと》には心留め給はず、あくがれありき給ふ君なれば、御文など、ねんごろに聞え給ひけれど、つゆあるべき事とも思したらぬを、姫君も聞き給ひて、

「思ひの外に。あはあはしき身のありさまをだに、心憂《う》くおもふ事にて侍れば。まことに強きよすがおはする人を」

などの給ふもあはれなり。

さるは、幾程《いくほど》のこのかみにもおはせず、姫君は、二十に一つなどや余り給ふらむ。中の君は、今三つばかりや劣り給ふらむ。いとたのもしげなき御さまどもなり。

ら」とばかり物思いにふけっておられました。そんな時四、五日少将が来なくて気持ちがふさいで「やはり思った通りだわ」と心細くなり、お袖が涙でぐっしょり濡れるのでした。それを「こんな悲しい物思いをいつ覚えたのかしら」と我ながら思い知るのでした。

人ごころ秋のしるしの悲しきはかれ行くほどのけしきなりけり

（あの方の心に飽きのきざしが見えるのは、草木が枯れていくように徐々に心が離れていくようで悲しいです）

などと、「歌の手習いに、物思いの歌を書き馴れてしまったのかしら」と嘆かれて、だんだん夜が更けていくと、ちょっとうたた寝のつもりで御帳台の前で横になってしまわれるのでした。

少将は、その夜宮中から退出なさると、姉君の邸にお出でになって、門をお叩きになりました。女房たちは目を覚まして、一緒に寝ていた妹君をご自分の部屋にお連れ申し上げるとすぐ、少将が入って来られて、「父大将の君が無理にお誘いになったので、長谷寺へお参りした時のこと」などお話しなさると、そこにあった姉君の手習いの歌をご覧になりました。

左衛門、あながちに責めければ、太秦《うづまさ》に籠《こも》り給へる折を、いとよく告げ聞えてければ、何の。つつましき御さまなれば、ゆゑなくも入り給ひにけり。

姉君も聞き給ひて、

「我が身こそあらめ。いかで、この君をだに、人々しくもてなし聞えむと思へるを、さまざまにさすらふも、世の人、聞き思ふらむ事も心憂く、なきかげにも、いかに見給ふらむ」

と、はづかしう、契り口惜しう思さるれど、今は言ふかひなき事なれば、いかがはせむにて見給ふ。

これも、いとおろかならず思《おぼ》さるれど、按察使《あぜち》の大納言、聞き給はむ所をぞ、父殿いと急《きふ》に諫《いさ》め給へば、今一方《ひとかた》よりは、いと待遠《まちどほ》に見え給ふ。

この右大臣殿の少将は、右大将の北の方の御《おん》せうとにものし給へば、少将たちも、いと親しくおはする、互に、このしのび人も知り給へり。右大臣の少将をば、権の少将とぞ聞ゆる。按察使の大納言の御許に、この三年《みとせ》ばかりおはしたりしかども、心留め給はず、世と共にあくがれ給ふ。このしのび給ふ御事をも、大将殿におはするなど思はせ給へり。いづれも、いとをかしき御ふるまひも、あながちに制し聞え給へば、いといたく忍びて、大将殿へむかへ給ふをりもあるを、いとどかるがるしう、つつましき心地し給へど、

「今は、のたまはむ事を違へむも、あいなきことなり。あるまじき所へおはするにてもなし」

などさかしだち、進め奉る人々多かれば、我れにもあらず、時々おはする折もありけり。

権の少将は、大将殿のうへの、御風《おんかぜ》の気《け》おはするに託《ことづ》けて、例の泊り給へるに、いと物さわがしく客人《まらうど》など多くおはする程なれど、いと忍びて御車奉り給ふに、左衛門の尉も候はねば、時々も、かやうの事に、いとつきづきしき侍《さぶらひ》にささめきて、御車奉り給ふ。大将殿のうへ、例な

常磐《ときわ》なる軒のしのぶを知らずして枯れゆく秋のけしき
とや思ふ
（常緑の軒のしのぶのように、私の心は変わらないということを、あなたはご存じなくて、草木が枯れていくように私の心が離れていくとお思いなのですか）

と書き添えてお見せになると、姉君は恥ずかしくなって、お顔を袖に引き入れなさる様子は、子どものようにいじらしくかわいいのでした。


このようにして明け暮れ過ごしておられましたが、妹君の乳母であった人が亡くなりました。娘が一人いて、右大臣家の少将の乳母子の左衛門の尉の妻でした。その娘が、妹君はたぐいなく美しくいらっしゃると、夫の左衛門の尉に話したので、左衛門の尉は少将に、

「こうこうでいらっしゃいます」

とお話し申し上げると、北の方である按察使《あぜち》の大納言の姫君の御もとには気が向かず、浮かれ歩いている少将でしたが、妹君にお手紙など心を込めて差し上げられたのでした。けれども妹君は、あり得るべきこととは少しもお思いになりませんでした。姉君もお聞きになり、

「思いもかけないことになりましたね。不安定で落ち着か

らず物し給ふほどにて、いたくまぎるれば、御文もなきよしを、のたまふ。

夜いたく更けて、彼処《かしこ》に詣でて、

「少将殿より」

とて、

「忍びて聞えむ」

といふに、人々皆寝にけるに、姫君の御方の侍従の君に、

「少将殿より」

とて、御車奉り給へるよしを言ひければ、ねぼけにける心地に、

「いづれぞ」

と尋ぬる事もなし。


例も参る事なればと思ひて、「かうかう」と君に聞ゆれば、

「文などもなし。『風にや。例ならぬ』など言へ」

とのたまへば、

「御使こち」

と言はせて、妻戸を開《あ》けたれば、寄り来《く》るに、

「御文なども侍らねば。いかなる事にか。又、御風の気《け》の物し給ふとて」

といふに、

「『大将殿のうへ、御風の気《け》むづかしくおはして、人騒がしく侍る程なれば、このよしを申せ。先《さ》きざきの、御使に参り侍る人も候はぬ程にて』など、返す返す仰せられつるに、空しく帰り参りては、必ずさいなまれ侍りなむず」

と言へば、参りて、「しかじか」と聞えて、すすめ奉れば、例の、人のままなる御心にて、薄色のなめやかなるが、いとしみ深く懐《なつか》しき程なるを、いとど心苦しげにめして、乗り給ひぬ。侍従ぞまゐりぬる。


御車寄せておろし奉り給ふを、いかであらぬ人とは思さむ。限なく懐しう、なめやかなる御けはひは、いとよく通ひ給へれば、少しも思しも

ない身の上はつらいことですよ。ましてしっかりした北の方がおられる人では」

などおっしゃるのも、しみじみあわれに思われました。

それにしても、それほど年長でもなく、姉君は二十を一つ超えたくらいでしょうか、妹君は、もう三歳ほど若くていらっしゃるようで、頼りなさそうなご様子のお二人なのでした。


左衛門の尉が無理やり責めたてるので、妻は姉君が太秦の広隆寺に参籠なさる折を見計らい、確認してお知らせ申し上げると、少将は何のことはない、妹君の気が引けるご様子に遠慮せず、さっとお部屋に入ってしまわれたのでした。

その後姉君も、そのことをお聞きになり、

「私のことはともかく、何とか妹君だけでも人並みの結婚ができるようにして差し上げたいと思っていたのに、二人とも落ちぶれてしまうのでは、世間の人がどう思うか考えると辛くて、亡き両親もどうご覧になることか」

と恥ずかしくて、前世の因縁を残念にお思いになりましたが、今となっては言っても仕方のない事なので、どうしたものかと思いながらも妹君のお世話をなさるのでした。


わかぬほどに、やうやうあらぬと見なし給ひぬる心惑《こころまどひ》ぞ、現《うつつ》とはおぼえぬや。かの、昔夢見し初よりも、なかなか恐ろしうあさましきに、やがて引き被《かつ》ぎ給ひぬ。侍従こそは、

「いかにと侍る事にか」

と、

「これはあらぬ事になむ。御車寄せ侍らむ」

と、泣く泣くいふを、さばかり色なる御心には、許し給ひてむや。寄りて引き放ち聞ゆべきならねば、なくなく几帳の後《うしろ》にゐたり。

男君は、ただにはあらず、優《いう》に思さるる事もありけむ、いと嬉しきに、いたう泣き沈み給ふ気色も道理《ことわり》ながら、いと馴れ顔に、かねてしも思ひあへたらむ事めきて、さまざま聞え給ふ事もあるべし。へだてなくさへなりぬるを、女は死ぬばかりぞ心憂く思したる。かかる事は、例の、あはれも浅からぬにや、類《たぐひ》なくぞ思さるる。


あさましき事は、今一人の少将の君も、母上の御風よろしきさまに見え給へば、「彼所《かしこ》へ」と思せど、「夜など、きと尋ね給ふ事もあらむに、折節、なからむも」と思して、御車奉り給ふ。

これは、さきざきも、御文なきをりもあれば、何とものたまはず。例の清季《きよすゑ》参りて、

「御車《みくるま》」

といふを、申し伝ふる人も、一所はおはしぬれば、疑なく思ひて「かく」と申すに、これも「いと俄に」とは思せど、今少し若くおはするにや、何とも思ひいたりもなくて、人々御衣《おんぞ》など着せかへ奉りつれば、我にもあらでおはしぬ。

御車寄《みくるまよせ》に、少将おはして物などのたまふに、あらぬ御けはひなれば、弁の君、

「いとあさましくなむ侍る」

と申すに、君も心とくこころえ給ひて、日ごろも、いとにほひやかに、見まほしき御さまの、おのづから聞き給ふ折もありければ、いかで「思ふとだにも」など、人知れず思ひ渡り給ひける事なれば、

右大臣家の少将も、妹君をとても大切に思っておられますが、北の方の父按察使の大納言がお聞きになられたらどうするのかと、父右大臣がせっかちに忠告なさるので、妹君は右大将の御子の少将とお付き合いする姉君よりも、もっと待ち遠に過ごしておられるようでした。

この右大臣家の少将は、右大将の北の方のご兄弟でいらっしゃるので、叔父甥の関係で親しくしておられ、お互いの隠し妻のこともご存じでおられました。右大臣の少将は、正式には権の少将と申し上げます。按察使の大納言の姫君の御許に、この三年ほど通っておられますが、お気持ちが留まる様子もなく、いつも浮かれ歩いてお出でなのでした。このこっそり妹君のもとに通っていらっしゃることも、右大将殿のお邸に遊びに行くと思わせていらっしゃいました。どちらの少将も、風流な忍び歩きを親がお止めなさるので、いっそう忍びに忍んで、時には右大将のお邸に姫君たちをお迎えなさることもありました。姫君たちは、出向くことをたいそう軽々しく遠慮すべきこととお思いなのでした。しかし、

「今となっては、おっしゃることに従わないのも、よろしくありません。行ってはいけない所にいらっしゃるわけでもありませんから」

などと、わけ知り顔にお勧めする女房が多いので、心なら

「何か、あらずとて疎《うと》く思すべき」とて、かき抱きておろし給ふに、いかがはすべき。さりとて、我さへ捨て奉るべきならねば、弁の君も下りぬ。女君は、唯わななかれて、動きだにもし給はず。弁いと近う、つととらへたれど、何とかは思さむ。

「今は、唯さるべきに思しなせ、世に、人の御為めあしき心は侍らじ」とて、几帳押し隔て給へれば、せむ方なくて泣き居たり。これも、いとあはれかぎりなくてぞおぼえ給ひける。

おのおの帰り給ふ暁に、御歌どもあれど、例の漏しにけり。男も女も、いづかたも唯、同じ御心の中に、あいなう胸ふたがりてぞ思さるる。さりとて、又、もと、おろかにはあらぬ御思どもの、珍しきにも劣らず、いづかたも限なかりけるこそ、なかなか深きしも苦しかりけれ。

「権の少将殿より」とて御文あり。起きもあがられ給はねど、人目あやしさに、弁の君ひろげて見せ奉る。

おもはずに我が手になるる梓弓《あづさゆみ》
ふかき契のひけばなりけり

「あはれ」と見いれ給ふべきにもあらねば、人目怪しくて、さりげなくつつみて出だしつ。

今一方《ひとかた》も「少将殿より」とてあれば、侍従の君、胸つぶれて見せ奉れば、

浅からぬ契なればぞ涙川
おなじながれに袖ぬらすらむ

とあるを。

いづ方にも、おろそかに仰せられずとにや。返す返す、唯、同じさまなる御心のうちどものみぞ、心苦しう。

とぞ、本にも侍る。

劣り優るけぢめなく、さまざま深かりける御志ども、はてゆかし

ずも時々お出掛けになることもあるのでした。

　権の少将は、右大将殿の北の方が風邪気味でいらっしゃるお見舞いにかこつけて、いつものように泊まっておいでになりましたが、大そう物騒がしく見舞客など大勢いらっしゃる中で、こっそりと妹君にお車を差し向けようとなさいますが、いつもの左衛門の尉があいにく控えておりませんでした。これまでも、このような忍びごとの時にちょうどよい従者に耳打ちして、お車を差し向けなさいました。右大将殿の北の方がご病気でいらっしゃる時なので、大そう取り込んでいてお手紙も差し上げられない旨を伝えるようお話しなさいました。

　夜も随分更けたころ、姫君のお邸に参上して、

「少将殿からです」

と言って、

「ひそかに申し上げたいことがあります」

と言うと、女房たちも皆寝ていて事情を知る人もいなく、取次ぎの者は姉君のお方に仕える侍従の君に、

「少将殿からです」

と言って、お迎えのお車を差し向けて下さったことを伝えると、寝ぼけたままの侍従の君は、

「どちらの少将様からですか」


くこそ侍れ。猶《なほ》、とりどりなりける中にも、珍しきは猶、立ちまさりやありけむに、見馴れ給ふにも、年月のあはれなるかたは、いかが劣るべき。

と、本にも「本のまま」と見ゆ。

鑑賞の楽しみ

構想　この短編物語は、『拾遺和歌集』巻十五　恋五

女のもとにまかりけるを、もとの妻の制し侍ければ
源　景明

風をいたみ思はぬ方に泊する海人の小舟もかくやわぶらん
（風が激しいので思いもよらない所に留まることになった漁師の小舟も、このように落胆しうちしおれているのだろうか）

という和歌の言葉に類似した題名になっています。この和歌をもとに着想を得て物語が作られたとも考えられます。

　物語の構成は、状況の変化による人間関係の推移が綴られ、登場人物の心情表現や情景描写はほとんどありません。すっきりとしています。事実の推移だけでも読者は驚き呆れ、感心したり納得したりしてしまいます。また、登場人物が少将と（権の）少将、右大将・右大臣・大納言等、紛

と尋ねることもしません。


いつもお迎えがあり参上することなので、と思って、

「こう言ってお迎えに参りました」

と姉君に申し上げると、

「お手紙もないのね。『風邪かもしれない。具合が悪いので』と言って断りなさい」

とおっしゃるので、侍従の君は、

「お使いの方、こちらへどうぞ」

と取次ぎの者に言わせて、妻戸を開けると、近寄って来て、

「お手紙もありませんが、どういうことですか。また、姫君は風邪気味でいらっしゃるので」

と尋ねると、

「少将殿は、『右大将の北の方が、風邪の具合が悪くいらっしゃって、人の出入りが騒がしくなっておりますので、この事をしっかり申し上げなさい。前からいつもお使いに伺っている者もあいにく居りませんので』と繰り返し伝言を仰せになりましたのに、空しく帰ったのでは、必ず叱られてしまいます」

と答えたので、侍従の君は姉君のお側に参って、「こういうわけです」と申し上げて、お勧め申し上げました。姉君はいつも周囲の人の言うままになる素直な心の持ち主なのらわしい名称が短い文章の中に次から次とでてきます。文構成はすっきりしているのですが、人間関係を理解し納得するのに少々時間がかかるかもしれません。


まず序文らしき文章で始まります。昔聞いた話を問わず語りに語り、しみじみと心に染みると、作者の思いも語っています。またその言葉は、登場人物がつらい経験をしながらも幸せな人生を過ごした、とも想像できる「浅からぬ御契のほど見えし御事」と言い、ハッピーエンドの物語と思う読者もいることでしょう。

あらましは、物語の要《かなめ》となる、ある大納言の二人の姫君が登場します。父大納言も母上も亡くなり心細い生活をしています。そんな時、侍女の少納言の君の手引きで、右大将の子の少将と姉君が結ばれます。しかし父右大将《うだいしょう》は、後見のない姫君との結婚に快く思っていません。少将の通いも間遠になります。姉君は物思いにふけり、涙ぐむこともありました。その思いを歌に詠みました。久しぶりに訪れた少将が、その歌を見つけて返事の歌を詠みました。「私の気持ちは変わらないよ」という内容でした。

一方、右大臣の子である権《ごん》の少将《しょうしょう》と妹君が結ばれます。しかし権の少将には既に、気に染まないが後ろ盾のしっかりした妻がいたので、姉君は心配でした。自分はともかく妹君には人並みの結婚をさせたいと願って、気にかけなが

で、薄紫色の柔らかな袿《うちぎ》で、薫物《たきもの》の香りがよくしみて懐かしさを覚えるものを、いじらしくもお召しになって、車にお乗りになりました。そして侍従の君がお供に参ったのでした。

右大将のお邸に着いて、お車を寄せて助け降ろしなさる方を、お互いどうして相手を別人だとお思いになるでしょうか。限りなく懐かしさを覚え、人当たりの良いご様子は、夫の少将とよく似ておられたので、少しも気がつきませんでしたが、次第に別人だと気づきなさった時の困惑は、現実とはとても思われませんでした。昔、夫の少将が突然忍び込んで来て、夢かと思ったあの時よりも、かえって恐ろしくあきれるほど意外で、そのまま着物をかぶって顔を隠してしまわれました。侍従の君はというと、

「これはいったいどうしたことでしょう」

と、

「これはとんでもない間違いです。お車を寄せて帰らせていただきます」

と泣く泣く言うが、あれほど好色な権の少将の御心が、お許しになるはずがありましょうか。

侍従の君は近寄って引き離し申し上げるわけにもいかないので、泣く泣く几帳の後ろに控えておりました。

らも妹君の世話をしておりました。案の定権の少将は父右大臣に気遣い、妹君への訪れは少なくなったようでした。この短編物語を四つの段構成、起承転結に分けるとすると、以上の内容は［起］と［承］に当てはまります。すると次は［転］ですので新たな展開が始まります。

姫君との付き合いがどちらの少将も各々の父親に疎《うと》まれていたので、少将は姉君の邸を訪問せず自宅に迎えて会っておりました。権の少将も姉の嫁いだ右大将の邸、すなわち少将の邸でもある所に妹君を迎えて会っていたのでした。これが間違いのもとになりました。

権の少将は、勝手のわかる左衛門の尉が留守の時、妹君に迎えの車を差し向けました。ところが姫君の邸では、詳しいお手紙もなかったので取次ぎの者が姉君付きの侍従の君にお迎えの案内を伝えてしまいました。侍従の君は誰からの案内か確認もせず、姉君とともに右大将邸に向かいました。姫君の取り違えに気づいた権の少将は、姉君を帰しませんでした。一方少将も姉君を迎えに車を差し向けますが、いなかったので妹君が弁の君と少将邸に向かいます。少将も取り違えに気づきましたが、そのまま車から抱きかかえて降ろしてしまいました。そして翌朝、姫君お二方に各々少将たちから後朝《きぬぎぬ》のお手紙が届いたのでした。どちらの姫君が受け取っても差し支えないような心配りのあるお

男君は、それはそれは姉君のことをすばらしいとお思いになっていたこともあったのでしょうか、すっかり嬉しくなって、大そう泣き沈んでおられる姉君のご様子をもっともだと思いながら、いともなれなれし気にかねてから考えていたように見せかけて、いろいろお話し申し上げることもあるようです。几帳《きちょう》などの隔てまでもなくなってしまったのを、女は死ぬほどつらくお思いになっておられました。思いもしなかったこのような情事は、よくあることとは言いながら、しみじみとした愛情もひとしおで、男君は姉君を類《たぐい》なくすばらしい女だとお思いになったのでした。

あきれたことに、もう一人の少将の君も、母上のお風邪が少し良くなったように見受けられたので、「姉君のお邸へ」とお思いになったが、「夜になって、急に母がお呼びになるかもしれないので、その時いないのもどうか」とお思いになって、お車を差し向けなさいました。

このような時、以前にもお手紙のないことがあったので、今回も何もご伝言なさいませんでした。いつもの使いの清季が参上して、

「お迎えのお車です」

と言うと、取次ぎ申し上げる者も、姫君のお一方はお出かけになったので、疑う事無く「こういうことです」と申し手紙でした。それにしても二人の姫君はどんなに辛かったことでしょう。

最後に跋文として、作者の感想、そしてこの物語を書写した人の感想が書かれています。

とはいっても、書写した人の感想と言いながら実はそれも作者の技巧で、読者はどう思うか含みを持たせているとも考えられます。二人の少将と姫君姉妹のその後はどうなったのか、これが[結]になります。そしてそれは読者の想像に任せるとしても、やはり以前から慣れ親しんだ相手の方がより愛情深く思われるのではないでしょうか、とも書かれています。皆さんはどう思われますか。

この物語の「取り違え」というドタバタの発端は、姫君にお仕えする侍女たちの行動やとっさの判断にかかっているようです。賢明な侍女がお側についていれば、危機に陥ることも少なく、平穏な幸せを保つことができたことでしょう。これも確かな後見の有無にかかわることなのかもしれません。

連想　この物語は、短編でありながら、当時読まれていた様々な物語の場面を連想してしまいます。まずは『源氏物語』のさまざまな場面を思い起こします。親を亡くしたさびしい姉妹というと、宇治八の宮の大君と中の君を連想し

上げると、妹君も「随分急なのね」とはお思いになりましたが、姉君より少し若くいらっしゃるせいか、何とも思慮が足りなくて、女房たちがお召し物を着がえさせ申し上げると、茫然と我を忘れた状態でお出かけになりました。

　お車寄せに少将がお出でになって、話しかけなさると、いつもと違う感じがしたので、弁の君は、

「とんでもないことでございます」

と申し上げましたが、少将も素早く気が付きなさって、日ごろからとても美しくお会いしたくなるお姿だと、おのずと耳になさる折もありましたので、何とかして「あなたのことを思っておりますとだけでも」伝えたいと、ひそかに思い続けておられたことなので、

「別に、人違いとは言え、親しくなれないとはお思いにならないで下さい」

と言って、妹君を抱きかかえて、車からおろしなさいますので、もうどうしようもありませんでした。かと言って自分までも姫君をお見捨て申し上げることもできないので、弁の君も降りたのでした。女君はただ震えるばかりで、動けないでいらっしゃいます。弁の君は近寄って、しっかり姫君の袖をつかんだけれど、少将は何ともお思いにならないのでした。

「今はもう、こういう運命だったとお思いなさい。決して

ます。姉が妹の結婚を気遣うあたりもよく似ています。また、二人の姫君と薫の君・匂宮の四人の四角関係は、この物語の結末で悲劇を連想する人もいるのではないでしょうか。

　また、お付き合いする姫君を車で連れ出すという行為は、『源氏物語』「夕顔の巻」で光源氏が、夕顔の君を車で連れ出した場面を思い起こします。同時に『和泉式部日記』での、帥《そち》の宮《みや》敦道親王の車に乗せられた和泉式部も、人間関係の上で共通のイメージを持つと考えたくなります。また、和泉式部のように自分の気持ちを率直に詠ったこの物語の大君を、少将がますますいとおしく思ったことも納得でき、印象に残ります。

　『堤中納言物語』の中にも、似通った場面があり連想をもたらす作品があります。『ほどほどの懸想』は、同じ位の身分の者同士の恋から話が発展してゆきますが、この物語でも、各々お仕えする乳母子同士で結婚した夫婦が登場し、お仕えする中の君と権の少将のお付き合いに加担しています。また取り違えの話は、『花桜折る中将』も同様です。容貌も美しく音楽に秀でた理想的な貴公子の中将が、恋の成就がかなうかと思いきや、車で連れ出したのは姫君ではなくて祖母の尼君であったという、気の毒ながら笑い話のようなお話でした。どちらも単なる場面の連想ですが、筋

あなたのためにならない心は持っておりませんから」と、几帳を押して弁の君を隔《へだ》てなさるので、どうしようもなくて弁の君は泣き続けました。少将も妹君にしみじみと限りなく愛情を感じられるのでした。

姫君たちがそれぞれお帰りになる明け方に、後朝《きぬぎぬ》の歌などがありましたが、いつものことで、聞き洩らしました。男君たちも女君たちもどちらもそれぞれ同じお気持ちでしたが、女君たちは、無性に胸がしめつけられる思いでした。しかしまた男君たちは、元の姫君を取り違えた姫君に劣らず、おろそかにはできない思いで、どちらの姫君にも限りない愛情を感じ、胸が苦しくなるのでした。

「権の少将からです」と後朝のお手紙がありました。妹君は起き上がることもできないほど悲しみに沈んでおられましたが、人目を憚《はばか》って弁の君がお手紙を広げてお見せになりました。

おもはずに我が手になるる梓《あづさ》弓ふかき契《ちぎり》のひけばなりけり

（思いもかけず私の手に慣れてしまった梓弓を引いてしまったのは、前世からの深い宿縁があったからなのでしょう）

の展開では、短編物語として重要なキイポイントであると思われます。

登場人物関係図

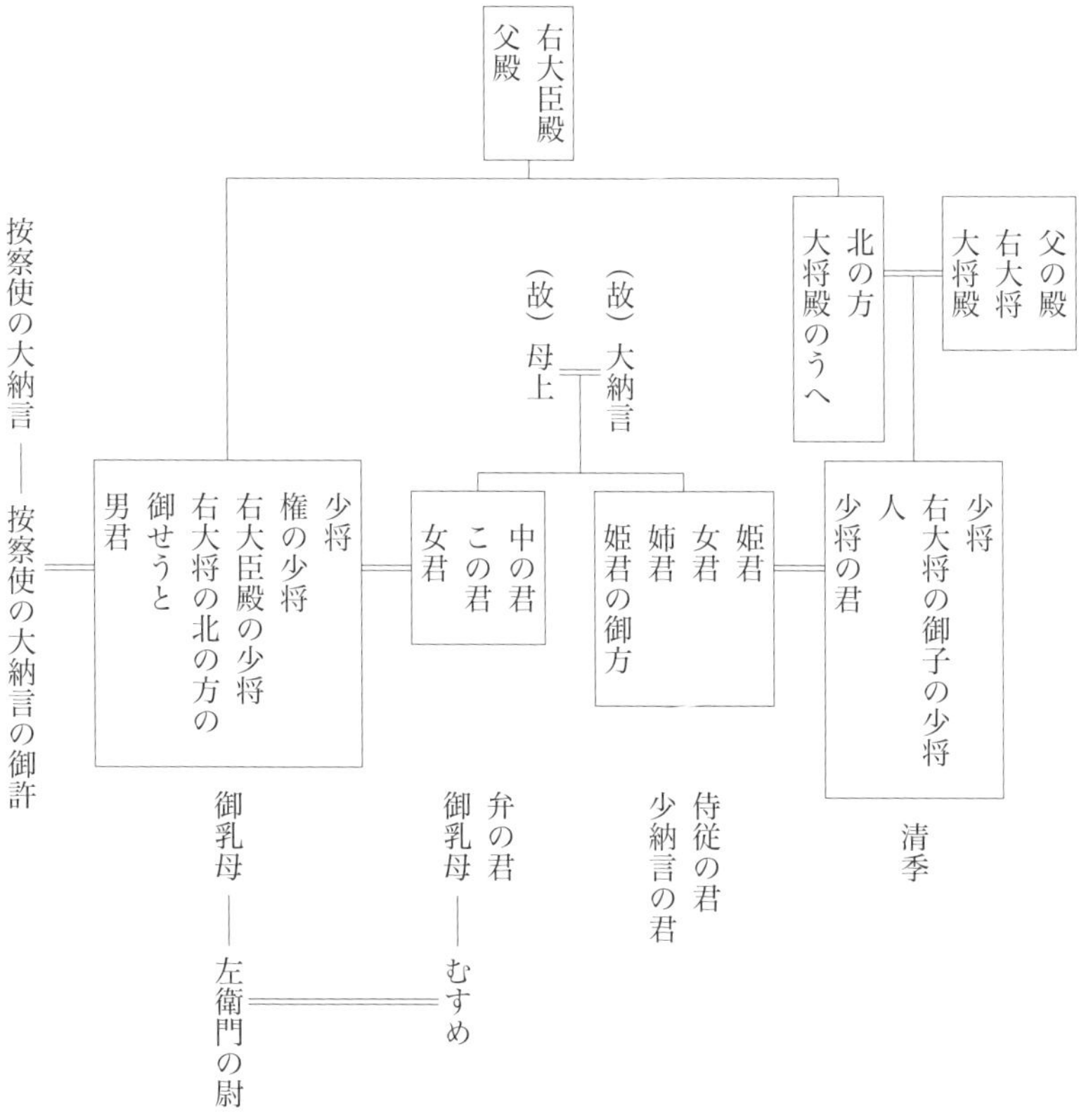

「ああ」としみじみ感じ入りご覧になるようなものでもないので、人目に怪しまれないよう弁の君が返事の代作をして、包んで取次ぎの者に渡しました。

もうお一方の姉君の所にも、「少将殿から」と偽ったお手紙がありました。侍従の君は胸がつぶれる思いでお見せすると、

浅からぬ契りなればぞ涙川おなじながれに袖ぬらすらむ

（浅くはない前世からの宿縁があったからこそ、姉妹お二人に恋して涙を流すことになったのでしょう）

と書いてあったのですよ。

それらのお手紙は、どちらの姫君に届けられても差し支えないような文面で、姫君お二人を大切に思っているというのですが、姫君たちにとっては、なんとお気の毒なことでしょう、と私が見た本に書いてありました。

姫君お二人の優劣の区別なく、少将たちはそれぞれに深い愛情をお持ちでしたが、その後はどうなったのか知りたいものです。姫君たちはそれぞれすばらしいのですが、新しい女の人の方が昔からお付き合いしていた女の人より立ち勝るとはいえるのでしょうが、年

朝顔　平安時代の朝顔はもっと素朴で小さな花だったでしょう

月を積み重ねた情愛もどうして劣ることがあるでしょうか。
と、私が見た本にも「原本の通り写しました」とあります。

花々のおんな子

花々のをんな子

「そのころの事」と書き出しますと、数多くある物語のまねをしたようで、気がひけますが、これは人から聞いた本当の話なのですよ。身分卑しからぬ好き者で、女のいる所には行かない所なく、世間から好き者と公認されている男が、ある高貴な方のお邸で言い交わし思いを寄せた女が、このごろ実家に退出しているそうなので、「本当か」と思い、「行って様子を見よう」と、大そう人目を忍んで、ただ小舎人童《こどねりわらわ》一人を連れてやって来ました。女の部屋の近くの透垣《すいがい》の側の植え込みに隠れて見ていると、夕暮れのしみじみと趣き深いころに、簾《すだれ》を巻き上げて、「こんな時間にのぞき見する人もいないでしょう」と思った風にくつろいで、女たちが皆それぞれに座っていろいろな話をしておりました。他人のうわさ話をする人、はしゃいで騒がしく話す人、また、とても上品でおっとり構えている人も、大勢でふざけあっている人たちも見えて、いかにも現代風で面白い情景でしたよ。

「あの植え込みのあちこちを御覧なさいませ。池の蓮《はちす》の露が美しい玉のように見えますよ」と言う人に目をやると、

原文

「其のころの事」と、数多《あまた》見《み》ゆる人真似《ひとまね》のやうに、かたはらいたけれど、これは聞きし事なればなむ。賤しからぬすきものの、至らぬ所なく人に許されたる、やんごとなき所にて、物言ひ懸想《けさう》せし人は、このごろ里に罷《まか》り出でてあなれば、「まことか」と、「往きて気色《けしき》見む」と思ひて、いみじく忍びて、唯、小舎人童《こどねりわらは》一人して来にけり。近き透垣《すいがい》の前栽《せんざい》に隠れて見れば、夕暮のいみじくあはれげなるに、簾《すだれ》巻き上げて、「只今は、見る人もあらじ」と思ひがほにうちとけて、皆さまざまに居て、万《よろづ》の物語しつつ、人のうへいふなどもあり、はやりかにうちさざめきたるも、又、はづかしげにのどかなるも、数多《あまた》はぶれ乱れたるも。今めかしうをかしき程かな。


「かの前栽どもを見給へ。池の蓮《はちす》の露は、玉とぞ見ゆる」

と言ふが前に、濃き単衣《ひとへ》・紫苑色《しをんいろ》の袿、薄色の裳ひきかけたるは、或る人の局にて見し人なめり。童の、大きなる、小さきなど縁に居たる、皆見し心地す。

「御方こそ。この花はいかが御覧ずる」

と言へば、

「いざ、人々に譬へむ」

とて、命婦《みやうぶ》の君、

「かの蓮の花は、まろが女院のわたりにこそ似奉りたれ」

との給へば、
大君《おほいぎみ》、

「下草の竜胆《りんだう》は、さすがなめり。一品《いつぽん》の宮と聞えむ」

中の君、
玉簪花《ぎぼうし》は太后《たいこう》の宮にもなどか。

三の君、
紫苑は、花やかなれば、皇后《くわうごう》の宮の御さまにもがな。

四の宮、

その前に紫色の濃い単衣《ひとえ》・紫苑色《しおんいろ》の袿《うちぎ》、薄紫の裳《も》を引きかけている人がおりました。それは、ある人の局《つぼね》で見かけた人のようでした。そして女童《めのわらわ》の大きい子や小さい子などが縁側に出ていたのですが、皆以前見たことのあるような気がしました。

「ねえ、皆さま、この蓮《はちす》の花をどうご覧になりますか」

と言うと、

「それでは、花を人々にたとえ申し上げましょう」

と言って、まず命婦《みょうぶ》の君が、

「あの蓮の花は、私がお仕えする女院様《にょういんさま》あたりに似ております」

とおっしゃると、
大君《おおいきみ》が、

「草陰に咲く竜胆《りんどう》の花は、草陰に咲くとは言え、さすがに美しい。一品《いっぽん》の宮《みや》様と申し上げましょう」

中の君が、

「ぎぼうしは太后《たいこう》の宮様にぴったりです」

三の君は、

「紫苑《しおん》は華やかなので、皇后の宮様のお姿にたとえたいですね」

四の君は、

「中宮様は、父の大臣《おとど》が僧たちに『無量義経《ぎきょう》』を読ませ

中宮は、父大臣《おとど》に、ぎきやうを読ませつつ、いのりがちなめれば、それにもなどか似させ給はざらむ。
五の君、
四条の宮の女御、『露草のつゆにうつろふ』とかや、明暮《あけくれ》の給はせしこそ、誠に見えしか。
六の君、
垣穂《かきほ》の瞿麦《なでしこ》は、承香殿と聞えまし。
七の君、
刈萱《かるかや》のなまめかしき様にこそ、弘徽殿《こきでん》はおはしませ。
八の君、
宣耀殿《せんえうでん》は、菊と聞えさせむ。上の御おぼえなるべきなめり。
九の君、
「麗景殿《れいけいでん》は、花薄《はなすすき》と見え給ふ御さまぞかし」といへば、
十の君、
淑景舎《しげいさ》は、『朝顔の昨日の花』と歎かせ給ひしこそ、道理《ことわり》と見奉りしか。
五節の君、
御匣殿《みくしげどの》は、野辺の秋萩とも聞えつべかめり。
東の御方、
淑景舎の御おととの三の君、あやまりたることはなけれど、萱草《くわざう》にぞ似させ給へる。
いとこの君、
其の御おととの四の君は、くさのかうと、いざ聞えむ。
姫君、
左、大臣殿の中の君は『見れども飽かぬ』女郎花《をみなへし》のけはひこそし給へれ。
西の御方、
帥《そち》の宮の御うへ、葉笹にや似させ給へる。
祖母《おば》君、
右大臣君殿の姫は、吾木香《われもかう》に劣らじ顔にぞおはします。

て祈っていることが多いようなので、ぎきょうすなわち桔《き》梗《きょう》にどうして似ないことがありましょう」

五の君は、

「四条《しじょう》の宮の女御様は、『露草のつゆにうつろふ』（露で色があせるようにはかない我が身です）とか明け暮れいつもおっしゃっておりましたが、本当にそうなってしまったようです」

六の君は、

「垣根に咲く撫子《なでしこ》は、承香殿《そぎょうでん》の女御《にょうご》様と申しましょう」

七《しち》の君は、

「刈萱《かるかや》の優雅な様子で、弘徽殿《こきでん》の女御様はいらっしゃいます」

八の君は、

「宣耀殿《せんようでん》の女御様は、菊と申し上げましょう。帝のご寵愛を受けることになるのでしょう」

九《く》の君は、

「麗景殿《れいけいでん》の女御様は花薄《はなすすき》と見えるご様子ですよ」と言うと、

十《じゅう》の君は、

「淑景舎《しげいさ》の御方は、『朝顔の昨日の花』と同様当てにはならないと、嘆いておられたのも、もっともだと拝見いたしました」

など言ひおはさうずれば、

尼君、

　斎院、五葉と聞え侍らむ。かはらせ給はざむめればよ。つみを離れむとて、かかるさまにて、久しくこそなりにけれ。

との給へば、

北の方、

　さて、斎宮をば、何とか定め聞え給ふ。

といへば、

小命婦《こみやうぶ》の君、

　をかしきは、皆取られ奉りぬれば。さむばれ、軒端《のきば》の山菅《すげ》に聞えむ。まことや、まろが見奉る帥の宮のうへをば、芭蕉葉ときこえむ。

よめの君、

中務《なかつかさ》の宮のうへをば、まねく尾花と聞えむ。

など聞えおはさうずる程に、日暮れぬれば、燈籠に火ともさせて、添ひ臥したるも、「花やかに、めでたくもおはしますものか」など、あはれ、しばしは、めでたかりしことぞかし。

　　世の中のうきを知らぬと思ひしに
　　　にはかに物はなげかしきかな

命婦の君は、

蓮《はちす》のわたりも。この御かたちも、この御方など、いづれ勝りて思ひ聞え侍らむ。にくき枝おはせじかし。

　　はちす葉の心ひろさの思ひには
　　　いづれと分かず露ばかりにも

六の君、はやりかなる声にて、

瞿麦《なでしこ》を『床夏《とこなつ》におはします』といふこそうれしけれ。

　　とこなつに思ひしげしと皆人は
　　　言ふなでしこと人は知らなむ

五節《ごせち》の君は、

「御匣殿《みくしげどの》は、野辺《のべ》の秋萩《あきはぎ》とも申し上げるのがよいでしょう」

東の御方は、

「淑景舎の御方のお妹様の三の君は、過失があるわけではないけれど、萱草《かんぞう》（忘れ草）に似ていらっしゃいます」

いとこの君は、

「そのお妹様の四《し》の君は、それではくさのこう（香草）とでも申し上げましょう」

姫君は、

「左の大臣殿の中の君は、『見れども飽かぬ』女郎花《おみなえし》の風情をしておいでになります」

西の御方は、
　帥《そち》の宮《みや》の御上《おんうえ》は、熊笹《くまざさ》に似ていらっしゃるのではないかしら。

祖母君は、

「右大臣殿の姫君は、吾木香《われもこう》に似て、我も劣るまいというお顔をしていらっしゃいます」

などと皆言い合っておいでになると、
尼君が、

「賀茂の齋院《さいいん》様は、五葉《ごよう》の松と申し上げましょう。少しもお変わりにならないようですからね。私は齋院にお仕えし

との給へば、七の君したりがほにも、
　刈萱のなまめかしさの姿には
　　そのなでしこも劣るとぞ聞く
とのたまへば、皆々も笑ふ。
八の君、
　まろがきくの御かたこそ、ともかくも、人に言はれ給はね。
　植ゑしよりしげりましにし菊の花
　　人におとらで咲きぬべきかな
とあれば、
九の君、
　うらやましくもおはすなるかな
　秋の野のみだれて招く花すすき
　　思はんかたになびかざらめや
十の君、
「まろが御前こそ。怪しき事にて、くらされて」
など、いとはかなくて、
　朝顔のとくしぼみぬる花なれど
　　明日も咲くかとたのまるるかな
とのたまふに、おどろかれて、
五の君、
　うち臥したればはや寝入りにけり。何事のたまへるぞ。まろは、はなやかなる所にし候はねば、よろづ心細くもおぼゆるかな。
　たのむ人露草ごとに見ゆめれば
　　消えかへりつつなげかるるかな

て仏の道から離れていたので、その罪を逃れようとこのような尼姿になって、ずいぶん久しくなりましたよ」

とおっしゃると、
北の方は、

「そうすると、伊勢の斎宮《さいぐう》様は何の花とお決め申し上げましょう」

と言うと、
小命婦《こみょうぶ》の君が、

「風流な草花は、皆取られておしまいになりましたので。そうですね、軒端《のきば》の山菅《やますげ》にたとえ申し上げましょう。そうそう、私がお仕え申し上げる帥《そち》の宮《みや》の上《うえ》を芭蕉葉《ばしょうば》と申しましょう」

よめの君は、

「中務《なかつかさ》の宮の上を、招く尾花《おばな》と申しましょう」

などと互いに話していらっしゃるうちに、日が暮れたので、燈籠《とうろう》に火をともさせて、物に寄りかかり伏している女たちの様子も、「華やかですばらしい方たちだなあ」と男は感動してしばらく見とれていたのでした。そして、心の中で歌を詠みました。

　世の中のうきを知らぬと思ひしにはかに物はなげか
　　しきかな

と寝《ね》おびれたる声にて、又寝《ぬ》るを人々笑ふ。

女郎花の御方、「いたく暑くこそあれ」とて扇をつかふ、

「いかに。とく参りなむ。恋しくこそおはしませ。

　みな人もあかぬにほひを女郎花
　　よそにていとどなげかるるかな」

夜いたく更けぬれば、皆、寝入りぬるけはひを聞きて、

　秋の野のちぐさの花によそへつつ
　　なほ色ごとに見るよしもがな

と、うち嘯《うそぶ》きたれば、

「あやし。誰がいふぞ」

「おぼえなくこそ」といへば、

「人は、只今は、いかがあらむ」

「鵺《ぬえ》の鳴きつるにやあらむ。忌《い》むなるものを」といへば、はやりかなる声にて、

「をかしくもいふかな。鵺は、いかでか、かくも嘯かむ。いかにぞや。聞き給ひつや」

と。所々、聞き知りて、うち笑ふあり。

やや久しくありて、ものいひやむほど、

　思ふ人見しも聞きしも数多《あまた》ありて
　　おぼめく声はありと知らぬか

「このすき者聞きけり。あなかま」

とて物も言はねば、簀子《すのこ》に入りぬめり。

「あやし。いかなるぞ。一所《ひとところ》だに『あはれ』とのたまはせよ」

などいへど、いかに思ふにかあらむ。絶えて答《いらへ》もせぬほどに、暁になりぬる空の気色なれば、「まめやかに、見し人とも思したらむ御名ごりどもかな。見も知らぬふりめかしうも、もてなし給ふものかな」とて、

（これまで世の憂さなど知らないと思っていた私ですが、すばらしい女たちを見たいのに、暗くなってしまい、よく見えないのが残念です）

命婦の君は、

「蓮の花の女院様あたりは勿論、皆さま方がお話しになった方々のご様子も、どちらの方が勝っているなどお思いになるなどおありでしょうか。まずいと思う方はいらっしゃいませんよね。

はちす葉の心ひろさの思ひにはいづれと分かず露ばかりにも

（蓮の女院にお仕えして、蓮の葉のような広い心で思いますと、どなたが優れているか、まったく区別することができません）」

六の君が、はしゃいだ声で、

「撫《なでし》子《こ》を『常夏《とこなつ》におはします』と他の人々が言うのは、ご寵愛が長く続くということなのでうれしいです。

とこなつに思ひしげしと皆人は言ふなでしこと人は知らなむ

（いつも物思いの多いお方だと皆さんは言いますが、常夏の承香殿の御方こそ帝のご寵愛を受ける方だと

百《もも》かさね濡《ぬ》れなれにたる袖なれど
今宵《こよひ》やまさりひぢてかへらむ

とて出づる気色なり。例の、いかになまめかしう、やさしき気色ならむ。いらへやせましと思へど、「あぢきなく、ひとへ心に」とぞ思ひける。

この女たちの親、賤しからぬ人なれど、いかに思ふにか、宮仕に出だしたてて、殿ばら・宮ばら・女御たちの御許に、一人づつ参らせたるなりけり。同じはらからとも言はせで、他人《ことひと》の子になしつつぞありける。この殿ばらの女御たちは、皆、挑《いど》ませ給ふ御中に、同じ兄弟《はらから》の分れて候ふぞ怪しきや。皆、思《おぼ》して候ふは、知らせ給はぬにやあらむ。好者《すきもの》は、この御有様ども聞き、嬉しと思ひ、至らぬ処なければ、此の人どもも知らぬにしもあらず。

かの女郎花《をみなへし》の御方と言ひし人は、声ばかりを聞きて、志深く思ひし人なり。瞿麦《なでしこ》の御人《おんひと》といひしは、睦《むつま》しくもありしを、いかなるにか、「見つともいふな」と誓はせて、又も見ずなりし。刈萱《かるかや》の御人は、いみじく気色だちて、物言ふ答《いらへ》をのみして、辛うじてとらへつべき折は、いみじく賺《すか》し謀る折のみあれば、いみじくねたしと思ふなりけり。菊の御人は、言ひなどはせしかど、殊にまほにはあらで、唯「そまやまに」とばかり、ほのかに言ひて、ゐざり入りしけはひなむ、いみじかりし。

花薄《はなすすき》の人は、思ふ人も又ありしかば、いみじくつつみて、唯、夢のやうなりし宿世の程も、あはれにおぼゆ。蓮《はちす》の御人は、いみじく思ひたのめて、「さらば」と契りしに、騒がしき事のありしかば、引き放ちて入りにしを、いみじと思ひながら許してき。

紫苑《しをん》の御人は、いみじく語らひて、今にむつましかるべし。朝顔の人は、若うにほひやかに、愛敬《あいぎやう》づきて、常に遊びかたきにてはあれど、名残なくこそ。

知ってほしいわ)」
とおっしゃると、七の君が得意顔で、
「刈萱《かるかや》のなまめかしさの姿にはそのなでしこも劣ると
ぞ聞く
(弘徽殿の刈萱のようなほっそりと美しいお姿には、
そのなでしこの御方も劣ると聞いておりますよ)」
とおっしゃるので、聞いていた皆も笑っています。
八の君が、
「私がお仕えする宣耀殿の菊の御方は、とやかく人に非難されるところはありません。
植ゑしよりしげりましにし菊の花人におとらで咲きぬべきかな
(植えたときからますます茂り増えていった菊の花のようなお方ですから、きっと人に劣らず咲き栄えることでしょう)」
と言うと、
九の君が、
「羨ましくいらっしゃいますね。
秋の野のみだれて招く花すすき思はんかたになびかざ

桔梗《ききやう》は、常に恨むれば、「さわがぬ水ぞ」と言ひたりしかば、「澄まぬに見ゆる」など言ひし、にくからず。いづれも知らぬは少くぞありける。

其の中にも、女郎花の、いみじくをかしくほのかなりし声ぞ、今に。「いかで、唯よそにて語らはむ」と思ふに。心にくく「今、一度《ひとたび》ゆかしき声を、いかならむ」と思ふも、定めたる心なくぞありくなる。

至らぬ里人などの、いともて離れて言ふ人をば、いとをかしく言ひ語らひ、かしこく言ひ、いみじくかたらへば、暫しこそあれ。顔風貌《かほかたち》の、見るになどかくはある。物言ひたるありさまなども。この人にはからるる人、いと多かり。宮仕へ人、さならぬ人の女《むすめ》なども謀らるるあり。

内裏《うち》にも参らで徒然《つれづれ》なるに、かの聞きし事をぞ。

その女御の宮とて、のどかには。

かの君こそ容貌《かたち》をかしかなれ。

など、心に思ふ事、歌など書きつつ、手習にしたりけるを、又、人の取りて書きうつしたれば。怪しくもあるかな。

これら、作りたるさまもおぼえず、よしなき、物のさまかな。虚言《そらごと》にもあらず。世の中に虚物語《そらものがたり》多かれば、まこととしもや思はざるらむ。これ思ふこそねたけれ。

多くは、かたちしらひなども、この人の言ひ心がけたるなめり。誰ならむ。この人を知らばや。

殿上には、只今これをぞ、怪しくをかしと言はれ給ふなる。

かの女たちは、此処には親族《しぞく》多くて、かく、日どりて参りつつ、心々に任せて逢ひて、かくをかしく、殿の事、言ひ出でたるこそをかしけれ。

それもこのわたり、いと近くぞあなる。もし、知り給へる人あらば、その人と書きつけ給ふべし。

鑑賞の楽しみ

構想　実はこの物語の題名は、諸説あってわかっていませ

らめや
(秋の野の風に乱れて手招きする花薄のような麗景殿のお方は、愛する方がおればどうしてなびかずにおられましょうか)」

十の君が、
「私のお仕えする淑景舎のお方ですけれどね。思いがけない事情で、暗く沈んでおられて」
など、心細げにおっしゃって、

「朝顔のとくしぼみぬる花なれど明日も咲くかとたのまるるかな
(淑景舎の御方は、朝顔のようにすぐにしぼんでしまう花にたとえましたが、明日になればまた咲くだろうと期待してしまいますよ)」

とおっしゃると、はっと目が覚めて、
五の君が、
「ちょっと横になっていたら、すっかり寝入ってしまいました。何の話をしておられましたか。私は華やかな所にはお仕えしていないので、何事につけても心細くてたまりません。「はなばなの女御」は露草を意味する「はなだの女御」の誤写説、女御はをんな子の読み違い説等ありますが、はっきりしていません。多くの女性が花にたとえられた話なので、本書では『花々のをんな子』説に従います。

まず登場するのは、身分卑しからぬ好き者の男です。彼が思いを寄せた女が実家に帰っていると知り、訪ねて行き、中の様子を垣間見しました。時は夕暮れの趣き深い頃でした。大勢の女たちがくつろいで話をしていました。耳を傾けると、各々お仕えしている女主人を秋の草花にたとえているのでした。総勢二十一人の女たちが別々の女主人に仕えていたのです。日が暮れると火を点《とも》して、草花にたとえた女主人を讃える歌を各々詠み始めました。男は感動して自分も声を出して歌を詠みました。一部の女たちは男に気がついたようです。夜はすっかり更けていました。男はまた歌を詠み、「私をご存じでしょう」と言いながら簀子に上がってきました。女たちは皆黙っているうちに、夜が明けてしまうようなので、男は帰っていったのでした。

以上男が経験した物語のあらましです。次に続くのは、場面・状況の説明・解説です。姉妹たちが各々別の女御や妃たちにお仕えするなどあり得ないと思われることに、言い訳をしています。そして好き者の男がそれぞれの姉妹たちと付き合っていたことを吐露《とろ》し、その時の印象を述べて

たのむ人露草《つゆくさ》ことに見ゆめれば消えかへりつつなげかるるかな
（頼みとする四条《しじょう》の宮《みや》の女御《にょうご》様は、露草のようにはかなくお見受けするるので、私は消え入りそうになりながら、つい嘆いてしまうのですよ）」
と、寝とぼけた声で言い、また寝てしまうのを、人々は笑うのでした。
左大臣の中の君を女郎花《おみなえし》にたとえた姫君が、「随分あついわねえ」と扇を使いながら、
「どうしておられるかしら。早く参上しましょう。恋しく思うお方でいらっしゃいますので、
みな人もあかぬにほひを女郎花よそにていとどなげかるるかな
（誰をも飽きさせない美しさを持った女郎花のお方ですので、離れておりますと恋しさと寂しさでますますため息が出てしまいますよ）」
夜もすっかり更けたので、皆寝入ってしまった気配を感じて、話を聞いていた男が、
秋の野のちぐさの花によそへつつなほ色ごとに見るよしもがな

います。その中で最も心に残る女性は、お仕えしている女主人を女郎花にたとえた姫君でしたとも記しています。最後にこの物語を書いた作者と思われる人の弁で、宮中に参上せず退屈している時にかつて聞いたことを書いたと言っています。この作者とはいったい誰なのでしょうか。

好き者の男にだまされるのは、「その女御の宮とて、のどかには」していられない、と言っていることから、四条の宮の女御にお仕えする女房だったのではないか、とも考えられます。主殿《とのも》という女房だろうという説がありますが、はっきりしていません。その後、詠んだ人が書き写して広まったとも書いてあります。

この物語の構成を考えると、一見単純な、女性たちを草花にたとえた評判記のように思われますが、狂言回し的な好き者の男を登場させ、その男の眼や耳で見聞きしたことを読者も共に読み取っていくという形をとっています。一晩の出来事ですが、時間的経過も夕暮れ・日暮れ・夜更けと続き、明け方に男が去っていくという場面構成です。その外枠に男と姉妹たちの関係が絡んでいるというちょっと複雑な構成になっています。読者は花のたとえのモデル論の方に興味が集中してしまいますが、実は考え抜かれた構想で読者の興味を次々とわかせているように思われます。読者へのサービスかもしれないし、当時の読者にいろいろ

（秋の野の種々に咲く花にたとえた方々一人ひとりに、
お会いしたいものですね）

と、歌を口ずさむと、

「あら、おかしい。誰が言ったの」

「心当たりないわ」

「誰か人が？　こんな夜更けに、どうして居るのかしら」

「鵺《ぬえ》が鳴いたのかしら。縁起が悪いわね」と言うと、はしゃいだような声で、

「おかしな歌を詠みましたね。鵺がどうしてこのように口ずさんだりするかしら。どうなのですか。本当はちゃんとお聞きになったのでしょう？」

と言う人もいます。数人の女たちは、男の声を聞き知っていて、くすくす笑う人もいたのでした。

ややしばらくして、話し声がやんだころ、男が歌を詠みました。

思ふ人見しも聞きしも数多《あまた》ありておぼめく声はありと
知らぬか
（私の思う人には、実際会った人も声を聞いただけの人も大勢おりますが、誰かしらとしらばくれる声の主は、私がここにいるとわからないのですか）

書き足してほしいという願いもあったのかもしれません。

連想　登場する姉妹たちがお仕えしていた女主人は、女院、一品の宮、太后の宮、皇后、中宮、四条の宮の女御と続き、総勢二十一人の高貴な女性たちです。その呼び名の女性たちがそろって実在していた時期があります。一条帝在位の時で、長保二（一〇〇〇）年秋、正確には八月下旬から十二月下旬までの頃といわれています。実在人物のモデル説が生まれた所以《ゆえん》です。現代の読者でさえ『枕草子』や『紫式部日記』・『かげろふ日記』・『和泉式部日記』などに登場する人物やその関係者だとわかると、興味津々です。例えば『枕草子』に登場する清少納言がお仕えした皇后定子は、平安時代に寝殿造りの庭に好んで植えられたという、紫苑にたとえられています。教養もあり気遣いもあり清少納言にとってすばらしいお方でした。お妹君の淑景舎の女御にも清少納言は遠くからお目にかかっています。かわいらしいお方と書いてあります。彼女は朝顔の花にたとえられました。現代の読者もそれぞれの花のイメージから二人の姉妹のその後を想像してしまいます。当時の読者は「うわさに聞くあの方のことだわ」とモデルが誰なのかピンとひらめいて、好奇の目を持っていろいろ詮索しながら、あるいは思い出しながら読んでいたことでしょう。二人の姉

「あの好き者の男が聞いていますよ。しっ、静かに」
と言って、女たちは何も言わないので、男は簀子《すのこ》（縁側）に上がってしまったようです。
「おかしいですね。どうしたのですか。せめてお一人だけでも『うれしいわ』とおっしゃってくださいよ」
などと、男は言うけれど、女たちはどう思ったことでしょう。誰も返事をしないうちに、明け方になってしまう空模様なので、「本当に会ったことのある人とも思っていないご様子ですねえ。見知らぬふりをしているように、私を扱いなさるのですね」と言って、

百《もも》かさね濡れなれにたる袖なれど今宵やまさりひぢてかへらむ

（幾度も幾重にも涙に濡れ慣れてしまった袖なのですが、今宵はいつもより一層涙に濡れて帰ることでしょう）

と言って出て行く様子です。いつものようになんと優雅でやさしい様子なのでしょう。女たちは、各々返事をしようかと思ったのですが、「皆のいる所では、味気ないわ」と思ったのでした。

この女たちの親は、身分卑しからぬ人でしたが、どう妹のその後は悲惨なものでした。定子は父関白道隆の死後、一条帝の愛に支えられながらも道長から冷たい仕打ちを受けていました。そして長保二年十二月十六日に第二皇女媄子出産の折、亡くなっています。妹原子も東宮の愛を受けながらも東宮に会うこともままならず、長保四年八月三日に亡くなりました。朝咲いて夕方しぼんでしまう朝顔にたとえられていたのです。『源氏物語』を書いた紫式部がお仕えしたのは中宮彰子です。桔梗にたとえられています。また『かげろふ日記』の作者の一人息子道綱と結婚したのは、左大臣源雅信の娘でした。女郎花にたとえられています。そこにお仕えしているのが好き者の男が最も好ましく思った姫君でした。三条皇后娍子の妹は、帥の宮の上（敦道親王妃）となり、花ではなく葉笹や芭蕉葉にたとえられています。バサバサとした大きな葉、一体どんな女性だったというのでしょう。ちなみに彼女はその後、帥の宮の邸を出て行くことになります。その理由は『和泉式部日記』に詳しく書かれています。帥の宮は和泉式部を自邸に連れて来てしまったからです。気の毒なお方でした。実は敦道親王は、先に定子や原子の妹であるお方と結婚していました。萱草にたとえられたお方です。うまくゆかず間もなく別れています。

この物語で高貴な女性たちをたとえた花々は、夏から秋

思ったのでしょうか、娘たちを宮仕えに出して、貴族の邸・宮家・女御たちの御許に、一人ずつ参上させているのでした。同じ姉妹とも名乗らせないで、それぞれ別の人の子のようにし続けておりました。貴族出身の女御たちは皆、帝の寵を得るために競い合うその中に、同じ姉妹が分かれてお仕えするのは、奇妙なことに思われますよ。女御たちが皆、この女たちをかわいがって使っておられるのは姉妹たちのことをご存じないからなのでしょう。好き者の男は、この女御たちの風情などを聞いて、嬉しく思い、行かない所はなかったので、この女たちも男のことをまんざら知らないわけではないはずなのでした。

さきほどの女郎花のお方と言った姫君は、声だけを聞いて志深く思い焦がれた人でした。

撫子の女御様と言った六の君は、親しく付き合っていたのに、どういう訳か「会ったと言わないで」と誓わせて、二度と会わなくなった人です。刈萱と言った七の君は、大そうもったいぶって、言われた言葉に返事だけして、何とかつかまえられると思った時は、うまくはぐらかし騙《だま》すだけなので、とてもうらめしいと思っていた人でした。

菊の御人《おんひと》八の君は、話などはしたけれど、それほどまともには応じないで、ただ「杣山《そまやま》に」とかすかに言って、い

にかけて咲く庭に植えられた花々です。桜や藤など木に咲く華やかな花ではなく、地味な楚々とした草花です。その花々から浮かぶイメージ、女性たちの人生の一こまをたとえたとしても、読み手は印象深くさまざまに感じることでしょう。人それぞれの連想を膨らませるという文学の楽しみの真骨頂です。当時の読者が思い浮かべたであろううわさや事実に関する事柄を「モデル説一覧表」「モデル系図」として載せました。物語を読みながら、これらの表を眺めて、想像を膨らましてください。あなたなりの連想の楽しさ、面白さを味わってください。

いくつかの草花の写真をスペースの一部に載せました。連想の楽しさの参考になればうれしいです。

ざって中に入っていくしぐさは、実にすばらしいのでした。

花薄の人九の君は、他に恋人もいたので、人目をはばかって、ただ夢のようなはかない逢瀬の宿縁だったことも、しみじみと思い出されます。

蓮の御方命婦の君は、大そう当てにさせて、「それでは」と約束したのに、折悪しく騒ぎがあって、男を振り放して奥に入ってしまったのを、ひどいと思いながら、許したのでした。

紫苑の御人三の君は、親しく付き合って、今でも仲睦まじいはずです。朝顔の人十の君は、若くつややかで愛嬌があり、いつもよい遊び相手ではありましたが、心に残る印象がありませんでした。

桔梗の四の君は、いつも男を恨むので、「騒がぬ水に影ぞ見えつる」（恨まず騒がなければ男も姿を見せるでしょう）と言ったところ、「澄まぬに影は見ゆるものかは」（澄んでいない水には姿も映らないでしょう）と言い返してくるので、憎からず思われました。そういうわけで、どの女も知らない人は少ないのでした。

その中でも、女郎花の姫君は、とても優雅で、かすかな美しい声が今も思い出されます。

「何とかして、ただ色恋抜きで語り合いたい」と思うのでしたが、心ひかれて「もう一度あの美しい声を聞きたい。

どうしたものか」と思うにつけても、男は心を決めかねて浮かれ歩いているそうです。

思慮深くない里住みの女などの場合、この男はすげなく応対する女をも、言葉巧みに言い、上手にとても親し気に語らうので、なびかずにいるのは、ほんのしばらくの間だけなのでした。この男の顔かたちは、見ると、どうしてこれほど美しいのだろう。物言う様子もどうしてこんなに立派なのだろう、と思ってしまうのです。この男に騙される女は、大そう多いのでした。宮仕えする女も、そうでない里住みの女なども、騙されたりするのでした。

以上の話は、宮中にも参上しないで退屈している時に、かつて聞いたことを書いたものです。

四条の宮のお邸でも、のんびりしてはいられないでしょう。

かの姫君こそ美しい容貌だったということでしたよ。など、心に残ったことや歌などを書きながら、手習いにしていたのを、また別の人が持って行き書き写したので、変なことになってしまいましたよ。

これらは、書いた時のことも覚えておらず、取るに足らない出来ばえなのです。嘘の話ではありません。世の中には作り話が多いので、読んだ人は、これが事実だとはよも

露草　つゆくさ　可憐な雑草、印象的

や思わないことでしょう。そう思うと、とても残念です。

多くは、女たちの容貌や話のいきさつなども、この男が言葉を交わし心を寄せて感じたことなのでしょう。いったい誰なのでしょう。この男を知りたいものです。

宮中では、今この話を怪しい、でも面白い、と言われているそうです。

あの女たちは、この里邸には親族が多いので、このように日にちを選んでは宮仕えに参上し、思い思いに集まっては、このように面白おかしくお仕えしている主家の印象を話し合っているなんて、本当に面白いことです。

その女たちの里邸も、このあたりのすぐ近くにあるそうです。もしご存じの方がおられましたら、それは誰それのことです、と書きつけなさるとよいでしょう。

モデル系図『花々のをんな子』『ほどほどの懸想』

- ［藤原］忠平
  - 実頼
    - 敦敏 — 佐理
    - 頼忠
      - 公任
      - 遵子（太后の宮）円融中宮　**玉簪花**　［中の君］
      - 諟子（四条の宮の女御）花山女御　**露草**　［五の君］
    - 斉敏 — 実資
  - 師輔
    - 伊尹
    - 兼通 — 顕光 — 元子（承香殿）一条女御　**垣穂のなでしこ**　［六の君］
    - 兼家
      - 道隆
        - 伊周
        - 隆家
        - 定子（皇后の宮）一条皇后　**紫苑**　［三の君］
        - 原子（淑景舎）三条女御　**朝顔**　［十の君］
        - 女（淑景舎の御おととの三の君）敦道親王妃　**萱草**　［東の御方］
        - 女（その御おととの四の君）敦康親王母代　**くさのかう**　［いとこの君］
      - 道綱
      - 道兼 — 尊子（御匣殿）一条女御　**野辺の秋萩**　［五節の君］
      - 道長
        - 頼通
        - 彰子（中宮）一条中宮　**桔梗**　［四の君］
      - 詮子（女院）円融女御一条母　**蓮の花**　［命婦の君］
      - 綏子（麗景殿）三条妃　**花薄**　［九の君］
    - 安子　円融母
    - 公季 — 義子（弘徽殿）一条女御　**刈萱**　［七の君］
  - 師尹
    - 定時 — 実方
    - 済時
      - 娍子（宣耀殿）三条皇后小一条院母　**菊**　［八の君］
      - 女（帥の宮の上）敦道親王妃　**葉笹**［西の御方］　**芭蕉葉**［命婦の君］
    - 芳子　村上女御

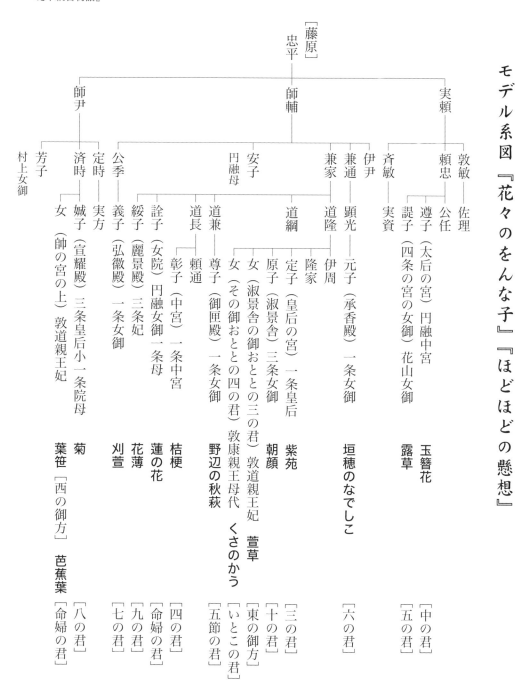

［皇室］

- 宇多
  - 醍醐
    - 朱雀—冷泉
      - 花山
      - 三条
        - 禎子内親王（後朱雀后）
        - 敦明親王（小一条院）—敦賢親王
          - ＝源親方女
            - 敦子内親王『ほどほどの懸想』姫君モデル説
      - 為尊親王
      - 敦道親王
    - 村上
      - 為平親王—恭子内親王（斎宮）　**軒端の山菅**　［小命婦の君］
      - 円融—一条—敦康親王
      - 選子内親王（斎院）　**五葉**　［尼君］
      - 資子内親王（一品の宮）　**竜胆**　［大君］
      - 具平親王—隆姫
    - 源高明
      - 女　為平親王妃
      - 女—女（中務の宮の上）具平親王妃　**まねく尾花**　［よめの君］
  - 敦実親王
    - 源雅信
      - 倫子　道長室彰子母
      - 女（左大臣の中の君）道綱室　**女郎花**　［姫君］
    - 源重信—女（右大臣の姫君）隆家室　**吾木香**　［祖母君］

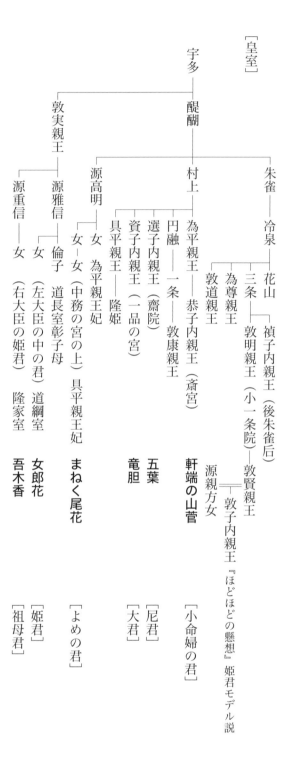

モデル説一覧表

話者	たとえた植物	女あるじ（モデル）解説・人物評	話者と好き者の男との関係・評価
① 命婦の君	蓮の花	女院　詮子 円融女御　一条母　兼家女 円融は頼忠に遠慮し、頼忠女遵子の立后を強行し、詮子の参内はまれであった。一条帝即位の後皇太后になり、初めて女院の号を賜り、東三条院と称された。弟道長に政権をもたらした。長保三（一〇〇一）年四〇歳	約束したのに騒ぎがありにげた。ひどいと思いながら許した
② 大君	竜胆 草陰に咲くとは言え、さすがに美しい	一品の宮　資子内親王 村上第九皇女　母師輔女安子　父の寵愛深く、同母兄円融にも愛され、准后の位を与えられた。三六歳で落飾。六一歳	
③ 中の君	ぎぼうし　ぴったり	太后の宮　遵子 関白頼忠女　母代明親王女厳子　二二歳で円融入内女御から皇后に。皇子に恵まれず、釈経に帰依する心深し六一歳	
④ 三の君	紫苑　花やか	皇后の宮　定子 一条皇后　道隆女　母高階成忠女貴子 一四歳で一条入内女御。父の死で家運傾く。敦康親王母、媄子内親王出産時死亡、二四歳。一条帝の愛もいかんともなしえず道長栄華の陰の哀話	親しく付き合い今も仲睦まじい
⑤ 四の君	桔梗	中宮　彰子	いつも男を恨み言い返す。

父が『無量義《ぎ》経《きょう》』を読ませて祈った

道長女　一条中宮　母雅信女倫子　敦成親王・敦良親王母
道長栄華完成　親代わりとして育てた敦康親王の即位も望んだ。上東門院。父・妹たち・所生の帝の薨去後も長寿を保ち八七歳。摂関政治絶頂を見尽した

そこがかわいい

⑥　五の君

露草
露にうつろうはかない身と言っていたが、本当にそうなった

四条の宮の女御　諟子
花山女御　頼忠女　母代明親王女　御子に恵まれず

美しい容貌

⑦　六の君

なでしこ
垣根に咲く

承香殿　元子
左大臣顕光女　母盛子内親王　一条帝承香殿の女御　懐妊したが予定月をはるかに過ぎて多量の水だけが流れ出た。一条崩御後源頼定との密通事件、父の怒り、その後一人生き残った。没年不詳

親しく付き合うが「会ったと言わないで」と言って二度と会わなかった

⑧　七の君

刈萱
なまめかしき様　優雅

弘徽殿　義子
公季女　母有明親王女　一条帝弘徽殿の女御　皇子には恵まれなかった。八〇歳

もったいぶって、手紙の返事のみしてはぐらかす。うらめしく思う

⑨　八の君

菊
帝のご寵愛を受けるだろうと思われる

宣耀殿　娍子
済時女　母大納言延光女　えにもいわれぬ美しき姫君。花山帝に乞われたが受けず、三条帝に入内、寵愛された。困難な道長政権下良く身を処した。和泉式部に妻の座を奪われた妹を実家に迎え入れた。五四歳

話はしたがまともに応じず。去り際の姿はすばらしい

⑩　九の君

花薄
花薄（尾花）のような

麗景殿　綏子
兼家女　三条帝麗景殿の尚侍　母国章女　容姿麗しく帝に

恋人がいた。人目をはばかる逢瀬はすばらしかっ

⑪ 十の君	様子	寵愛された。後源頼定との密通事件あり退出した。三二歳	た
	朝顔 「私は朝顔の昨日の花」と嘆いておられたのも、もっともなこと あえかな印象	淑景舎 原子 道隆女 母高階成忠女貴子 東宮居貞親王に入内 様悪しきまで寵愛されたが、兄伊周・隆家の配流事件で参内も思うに任せず悲運に見舞われ、二十余歳の若さで薨じた。三条帝淑景舎の女御	若く艶やかで愛嬌があり、よき遊び心には残っていない
⑫ 五節の君	野辺の秋萩	御匣殿 尊子 右大臣道兼ただ一人の女 母師輔女繁子 母の意思で一条後宮に入り「くらべやの女御」と呼ばれた。帝崩後三二歳の時参議通任と結婚、子には恵まれなかった。三九歳	
⑬ 東の御方	萱草（忘れ草） 過失があるわけではないが	敦道親王妃 淑景舎の御おととの三の君 道隆三女 母高階成忠女貴子 姉二人に比して容姿が劣り老けた顔立ちだった。敦道親王妃となったが、愛情なく間もなく離婚して帰った。後消息不明	
⑭ いとこの君	くさのかう（香草）	敦康親王母代 淑景舎の御おととの四の君	
⑮ 姫君	女郎花 見れども飽かぬ女郎花の風情	道綱室 左大臣殿の中の君 左大臣源雅信二女 道綱を婿にし通わせて懐妊、兼経を生んで薨じた。	声だけ聞いて志深く思い焦がれた人。優雅でかすかな美しい声が懐かしい
⑯ 西の御方	葉笹 熊笹に似ている	帥の宮の御うへ 済時二女 母延光女 敦道親王妃になったが、不和だった。	
⑰ 祖母君	吾木香	隆家室 右大臣源重信殿の姫君	

		吾木香に似て吾も劣るまいという顔をしている	
⑱	尼君	五葉 五葉の松に少しも変わらず	齋院　選子内親王 村上帝十皇女　母師輔女安子　一三歳で賀茂齋院　以後五朝五七年間仕えて大齋院とあがめられた。和歌に巧み、『大齋院和歌集』『発心和歌集』、文学サロン形成。「すぐれてよしと見ゆるもことに侍らず」紫式部評。七二歳
⑲	北の方	(斎宮は何に例えましょう)	
⑳	小命婦の君	軒端の山菅 芭蕉葉 私がお仕えするお方	斎宮　為平親王女恭子内親王 帥の宮のうへ
㉑	よめの君	まねく尾花	中務の宮のうへ　具平親王妃 為平親王女　母源高明女

はい墨

はい墨

　下京あたりで、身分は賤しくないが、経済的に思うようにいかない生活をしている女を、男はかわいいと思い、共に暮らして数年経ちました。そのうち、男は親しくしている人の許に出入りしているうちに、その家の娘に懸想《けそう》して、こっそり通うようになりました。新しい女の方が珍しく思ったのでしょうか、初めの女よりは愛情が深くわいてきて、人目もはばからず通うようになりました。それを親が聞きつけて、

「長年連れ添う妻をお持ちでいらっしゃるが、今更どうしようもない」

と言って、男を許して通わせるのでした。

　元の妻がこのことを聞いて、「今となっては、二人の仲はもう終わりのようだわ。向こうの親は、私の所にも男を通わせることはよもやないでしょう」とずっと思っておりました。

「身を寄せる所があるといいのになあ。夫が冷たい態度をとる前に、ここを離れよう」と思いました。しかしそのような身を寄せる所もありませんでした。

原文

　下《しも》わたりに、品《しな》賤しからぬ人の、事もかなはぬ、人をにくからず思ひて、年ごろ経《ふ》るほどに、親しき人の許へ往《い》き通ひけるほどに、むすめを思ひかけて、みそかに通ひありきにけり。珍しければにや、初の人よりは志深くおぼえて、人目もつつまず通ひければ、親聞きつけて、

「年ごろの人をもち給へれども、いかがはせむ」

とて許して住ます。

　もとの人聞きつけて、「今はかぎりなめり。通はせてなどもよもあらせじ」と思ひわたる。「往くべき所もがな、つらくなりはてぬ前に離れなむ」と思ふ。されど、さるべき所もなし。

　今の人の親などは、おし立ちて言ふやう、

「妻《め》などもなき人の、切《せち》に言ひしに婚《あは》すべきものを。かく、本意《ほい》にもあらで、おはしそめてしこそ口惜しけれど、言ふかひなければ、かくてあらせ奉るを。世の人々は『妻《め》するゑたまへる人を。「おもふ」と、さ言ふとも、家に据《す》ゑたる人こそ、やむごとなく思ふにはあらめ』など言ふもやすからず。実《げ》にさる事に侍る」

と言ひければ、男、

「人数《ひとかず》にこそ侍らねど、志ばかりは、勝る人侍らじと思ふ。彼処《かしこ》には、渡し奉らぬをおろかに思《おぼ》さば、只今も渡し奉らむ。いと異《こと》やうになむ侍る」

といへば、親、

「さだにあらせ給へ」

と押し立ちて言へば、男、「あはれ、かれもいづち遣《や》らまし」とおぼえて、心の中悲しけれども、今のはやごとなければ、「かく」など言ひて、気色も見むと思ひて、もとの人のがり往《い》ぬ。

　見れば、あてにこごしき人の、日ごろ物を思ひければ、少し面瘦《おもや》せていとあはれげなり。うち恥ぢしらひて、例のやうに物も言はで、しめり

新しい女の親などは、厚かましい言い方で、

「妻など持たない人で、熱心に求婚する人と結婚させようと思っていたのに。このように思いもかけず通い始めてしまわれたのは残念だけれど、今更言っても仕方がないので、こうしてもてなしているのです。世間では、『妻を家に置いている人なのに。「愛している」とは言っても、自邸にいる妻をこそ大事に思っているに違いありません』などと言うのを聞くと、安心できません。世間の言う話はもっともです」

と言ったので、男は、

「私は人の数にも入らないつまらない者ですが、あなたの娘さんを思う気持ちばかりは、私に勝る人はおるまいと思います。私の邸にお連れしないのを失礼だとお思いでしたら、今すぐお連れいたしましょう。そうおっしゃられては、とても心外です」

と言うと、親は、

「せめてそうしてやってください」

と強引《ごういん》に言うので、男は「ああ、あの女をどこへやろうか」と思いやられて、心中悲しかったのですが、今の妻の方が大切なので、「こういうわけで」などと言って、様子を見ようと思い、元の女のもとに帰っていきました。


たるを、いと心苦しう思へど、さ言ひつれば、言ふやう、

「志ばかりは変らねど、親にも知らせで、かやうに罷《まか》りそめてしかば、いとほしさに通ひ侍るを。つらしと思すらむかしと思へば、何とせしわざぞと、今なむ悔しければ。今はえかき絶ゆまじくなむ。彼処《かしこ》に『土犯《つちをか》すべきを、此処《ここ》に渡せ』となむ言ふを。いかが思《おぼ》す。外へや往《い》なむと思す。何かは苦しからむ。かくながら、端《はし》つ方におはせよかし、忍びて。忽《たちまち》に何方《いづち》かはおはせむ」

など言へば、女、「此処《ここ》に迎へむとて言ふなめり。これは、親などあれば、此処に住まずともありなむかし。年ごろ、行く方《かた》もなしと見る見るかく言ふよ」と、心うしと思へど、つれなくいらふ。

「さるべき事にこそ。はや渡し給へ。いづちもいづちも往なむ。今までかくて、つれなく、うき世を知らぬ気色《けしき》こそ」

と言ふ。いとほしきを、男、

「など、かうの給ふらむ。やがてにはあらず。唯、しばしの事なり。帰りなば、又迎へ奉らむ」

と、言ひおきて出でぬる後、女、使ふ者とさし向ひて、泣きくらす。

「心憂きものは世なりけり。いかにせまし。おし立ちて来むには、いとかすかにて出で見えむも、いと見苦し。いみじげに、怪しうこそはあらめ、かの大原《おほはら》のいまこが家へ往かむ。かれより外に知りたる人なし」

かくいふは、召し使ふ人なるべし。

「それは、片時おはしますべくも侍らざりしかども、さるべき所の出で来むまでは、まづおはせ」

など語らひて、家の内清げに掃かせなどする心地も、いと悲しければ、泣く泣く恥づかしげなるをぞ焼かせなどする。


「今の人、あすなむ渡さむとすれば、この男に知らすべくもあらず。車なども誰にか借らむ。『送れ』とこそは言はめ」と思ふも、をこがましけれど、言ひ遣る。

「今宵なむ、物へ渡らむと思ふに。車暫し」

となむ言ひやりつれば、男、「あはれ、いづちにとか思ふらむ、往《い》かむ

自邸に帰って見ると、上品で小柄な女は、このごろ物思いに沈んでいたので、少し面やつれしてとてもかわいそうに見えました。恥ずかしそうにして、いつものように何も言わず沈みがちなのを、男はとても気の毒に思ったのですが、今の妻の親にああ言ってしまったので、こう言ったのでした。

「あなたをいとしく思う気持ちは変わらないのですが、先方の親にも知らせないで、このようにあの女の所に通い始めてしまったので、あちらに気の毒だと思い通っているのですよ。つらいとあなたがお思いだろうと思うと、何ということをしたのかと、今になって後悔しております。もう二人の関係は断つことができません。あちらで『土忌《つちい》みをしなくてはならないので、娘をこちらに移してほしい』と言っているのだが、あなたはどうお思いですか。よそへ行こうとお思いになりますか。何も気にすることはありません。このまま端《はし》の方にいて構わないのですよ、こっそりと。急にどこかに行くなんてできませんから」

などと言うので、女は「ここへ新しい女を迎え入れようとして言うのでしょう。あちらは親がいるのだから、ここに住まなくても大丈夫でしょうに。長年、私には行く当てもないと見てわかっていながら、そんなことを言うなんて」と思うと辛いけれど、そぶりにも見せずに答えました。

さまをだに見む」と思ひて、今、此処へ忍びて来ぬ。女、待つとて端に居たり。月の明《あか》きに泣く事かぎりなし。

　我が身かくかけ離れむと思ひきや
　　月だに宿をすみはつる世に

と言ひて、泣く程に来たれば、さりげなくて、うちそばむきて居たり。

「車は、牛たがひて。馬なむ侍る」

といへば、

「唯、近《さき》き所なれば。車はところせし。さらば、その馬にても。夜の更《ふ》けぬ前に」

と急げば、いとあはれと思へど、彼処《かしこ》には皆、朝《あした》にと思ひためれば、遁《のが》るべうもなければ、心苦しう思ふ思ふ、馬引き出ださせて、簀子《すのこ》に寄せたれば、「乗らむ」とて、立ち出でたるを見れば、月のいと明《あか》きかげに、有様いとささやかにて、髪はつややかにて、いと美しげにて長《たけ》ばかりなり。

男、手づから乗せて、此処、彼処ひきつくらふに、いみじく心憂けれど、念じて物も言はず。馬に乗りたる姿《すがた》・頭《かしら》つき、いみじくをかしげなるを、あはれと思ひて、

「送りに我も参らむ」

と言ふ。

「唯、ここもとなる所なれば、あへなむ。馬は、只今かへし奉らむ。その程は此処におはせ。見苦しき所なれば、人に見すべき所にも侍らず」

と言へば、「さもあらむ」と思ひて、とまりて尻うち懸けて居たり。

この人は、供に人多くはなくて、昔より見馴れたる小舎人童《こどねりわらは》一人を具《ぐ》していぬ。男の見つる程こそかくして念じつれ、門《かど》ひき出づるより、いみじく泣きて行くに、この童いみじくあはれに思ひて、このつかふ女をしるべにて、はるばるとさして行けば、

「『唯ここもと』と仰せられて、人も具せさせ給はで、かく遠くは、いかに」

「そうなさればよいでしょう。早くこちらへお迎えなさいませ。私はどこへでも、どこへでも行きましょう。今までこうしてあなたの気持ちも察せず、世情にも気づかなかったことが恥ずかしい」

と言うのでした。男は、女をいとおしく思い、

「どうしてそのようにおっしゃるのですか。そのままにはしませんよ。しばらくの間のことです。あちらが帰ったら、またあなたをお迎えいたしましょう」

と言いおいて出ていった後、女は召し使いの女房と差し向かいで泣いて過ごしたのでした。

「何と言ってもつらいのは、男女の仲なのですね。どうしましょう。押しかけてきた時に、みすぼらしい姿で出て見られてしまうのも、みっともないわ。相当ひどい所だけれど、あの大原のいまこの家に行ってみましょう。それ以外に知っている人もいませんから」

　こういういまこという人は、召し使いだった人のようです。

「そこは、奥様がいっときもいらっしゃれるような所ではございませんが、しかるべき家が見つかるまでは、とりあえずそこにいらっしゃいませ」

など語り合って、家の中をきれいに掃除させるその気持ちは、たいそう悲しくて、泣く泣く人に見られたくない手紙

といふ。山里にて人もありかねば、いと心細く思ひて泣き行くを、男もあばれたる家に、唯一人ながめて、いとをかしげなりつる女のさまの、いと恋しくおぼゆれば、人やりならず、「いかに思ひいくらむ」と思ひ居たるに、やや久しくなり行けば、簀子《すのこ》に、足しもにさし下《おろ》しながら寄り臥したり。

　この女は、いまだ夜中ならぬさきに往《い》きつきぬ。見ればいと小さき家なり。この童、

「いかに、かかる所には、おはしまさむずる」

と言ひて、いと心苦しと見居たり。女は、

「はや、馬ゐて参りね。待ち給ふらむ」

といへば、

「『何処にかとまらせ給ひぬる』など仰せ候はば、いかが申さむずる」

といへば、泣く泣く「かやうに申せ」とて、

　いづこにか送りはせしと人問はば
　　心はゆかぬなみだ川まで

といふを聞きて、童も、泣く泣く馬にうち乗りて、ほどもなく来着きぬ。

　男、うちおどろきて見れば、月もやうやう山の端《は》近くなりにたり。

「怪しく遅くかへるものかな。遠き所へ往《い》きけるにこそ」と思ふも、いとあはれなれば、

　住み馴れし宿を見すててゆく月の
　　影におほせて恋ふるわざかな

といふにぞ、童帰りたる。

「いと怪し。など、遅くは帰りつるぞ。何処《いづく》なりつる所ぞ」

と問へば、ありつる歌をかたるに、男もいと悲しくてうち泣きぬ。「此処にて泣かざりつるは、つれなしをつくりにけるにこそ」と、あはれなれば、「往《い》きて迎へ返してむ」と思ひて、童に云ふやう、

「さまで、ゆゆしき所へ往《い》くらむとこそ思はざりつれ。いと、さる所に

などを焼かせなどしたのでした。

「新しい女を、明日連れて来ようとしているので、男に自分は出て行くと知らせることもできないわ。車なども誰に借りたらいいのでしょう。『送ってください』と言いたいのだけれど」と思うのもばからしいけれど、仕方なくこう言い送りました。

「今晩よそに移ろうと思いますので、車をちょっとお借りしたいのですが」

と言いやったところ、男は「ああ、どこに行こうと思っているのだろう。せめて行くところを見送ろう」と思って、すぐこちらへこっそりもどってきました。女は車を待つと言って、簀子《すのこ》に座っていました。月の明るい光のもとで、しきりに泣いているのでした。

　我が身かくかけ離れむと思ひきや月だに宿をすみはつる世に

（私がこのように住み慣れた家を離れることになろうと、思ったでしょうか。空の月でさえ、澄み続けるこの世ですのに）

と歌を詠んで泣いていたところに、男がやって来たので、泣いたそぶりもみせず、そっと横を向いてすわっていまし

ては、身もいたづらになりなむ。猶、迎へ返してむとこそ思へ」

といへば、

「道すがら、をやみなくなむ泣かせ給ひつるぞ。あたら御さまを」

と云へば、男、「明けぬさきに」とて、この童、供にて、いと疾《と》く往《い》きつきぬ。

実《げ》に、いと小くあばれたる家なり。見るより悲しくて、打ち叩けば、この女は来着きにしより、更に泣臥したる程にて、「誰《た》ぞ」と問はすれば、この男の声にて、

　涙川そことも知らずつらきせを
　　行きかよひつつながれ来にけり

といふを、女、いと思はずに、「似たる声かな」とさへあさましう思《おぼ》ゆ。

「開《あ》けよ」といへば、いとおぼえなけれど、開けて入れたれば、臥したる所により来て、泣く泣くおこたりを言へど、答をだにせで泣くこと限りなし。

「更に聞えやるべくもなし。いと、かかる所ならむとは、思はでこそいだし奉りつれ。かへりては、御心のいとつらくあさましきなり。よろづはのどかに聞えむ。夜の明けぬ前《さき》に」

とて、かき抱きて馬にうち乗せて往《い》ぬ。

女、いと浅ましく、「いかに思ひなりぬるにか」と、あきれて往《い》き着きぬ。おろして二人臥しぬ。万《よろづ》に言ひ慰めて、

「今よりは、更に彼処《かしこ》へ罷《まか》らじ。かく思しける」

とて、又なく思ひて、家に渡さむとせし人には、

「此処なる人の煩ひければ、折あしかるべし。あやしかるべし。この程を過して、迎へ奉らむ」

と言ひ遣りて、唯、ここにのみありければ、父母思ひなげく。この女は夢のやうに嬉しと思ひけり。

此の男、いと、ひきりなりける心にて、

た。

「車は牛の都合がつかなくて。馬ならありますよ」

と言うと、

「すぐ近い所なので、牛車《ぎっしゃ》は仰々しいです。では、その馬をお借りしましょう。夜が更けないうちに」

と急ぐので、男はしみじみ不憫に思ったが、あちらでは皆明日の朝には移ろうと思っているようなので、逃れようもなく、女には心苦しく思いながら、馬を引き出させて簀子に近寄せました。「乗りましょう」と言って立ち歩んでくる女の姿を見ると、月の大そう明るい光の中で見えるその様子は、ほっそりとして、髪はつやつやと美しく身の丈ほどの長さがありました。

　男は、手ずから女を馬に乗せて、あちこち身づくろいを整えてやると、女はとてもつらかったのですが、我慢して何も言いませんでした。馬に乗った女の姿や髪の様子は、言いようもなく美しいのをしみじみと眺めて、男は、

「送って私も行きましょう」

と言うのを、

「ほんのすぐそこですから、結構です。馬はすぐお返しいたします。それまでは、ここにいらしてください。見苦しい所ですので、人にお見せする住まいではございません」

と言うと、「そうかもしれない」と思って、男は家にとど

「あからさまに」

とて、今の人の許に、昼間に入り来《く》るを見て、女に、

「俄に殿おはすや」

と云へば、うちとけて居たりけるほどに、心さわぎて、

「いづら、いづこぞ」

と言ひて、櫛《くし》の笥《はこ》を取り寄せて、白きものをつくると思ひたれば、取り違《たが》へて、掃墨《はいずみ》入りたる畳紙《たとうがみ》を取り出でて、鏡も見ず、うちさうどきて、女は、

「『そこにて。暫《しば》し。な入り給ひそ』といへ」

とて、是非も知らずきし附くる程に、男、

「いと、とくも、疎《うと》み給ふかな」

とて、簾をかき上げて入りぬれば、畳紙を隠しておろおろにならして、口うち覆ひて、気まぐれに、したてたりと思ひて、斑《まだら》におよび形につけて、目はきろきろとして、またたき居たり。

男、見るに、あさましう、めづらかに思ひて、いかにせむと恐しければ、近くも寄らで、

「よし、今暫しありて参らむ」

とて、暫し見るよりも、むくつけければ往《い》ぬ。

　女の父母、かく「来たり」と聞きて来たるに、

「はや、出で給ひぬ」

と言へば、

「いとあさましく、名残なき御心かな」

とて、姫君の顔を見れば、「いとむくつけくなりぬ」とおびえて、父母も倒れ臥しぬ。女《むすめ》、

「など、かくはの給ふぞ」

といへば、

「その御顔は。いかになり給ふぞ」

ともえいひやらず。

「あやしく、などかくは言ふぞ」

まって、簀子に腰を下ろしておりました。

この女は、お供の人も多くはなくて、昔から見慣れている小舎人童《こどねりわらわ》一人を連れて、出て行ったのでした。男が見ている間こそ隠しこらえておりましたが、馬を門から引き出した途端、激しく泣きながら行くので、この童は大そう気の毒に思いながら、召し使いの女を道案内にして、はるばると目指して行くと、童は、

「『すぐそこです』とおっしゃって、供人もお連れにならないで、こんなに遠くまでおいでになるとは、どういうことですか」

とたずねました。山里で人の行き来もないので、とても心細く思い、泣き泣き行ったのでした。一方男の方も、荒れ果てた家でただ一人物思いにふけり、あれほど愛らしかった女の姿が恋しく思い出されて、他人《ひと》ごとならず「道中どんな思いで行くのだろう」と思いながら待っておりましたが、かなり時間がかかるので、簀子に腰を下ろして足をぶらぶらさせながら、物に寄りかかって横になりました。

この女は、まだ夜中にならないうちに大原のいまこの家に到着しました。見ると、とても小さな家なのでした。お供の小舎人童は、

「どうしてこんな所にお住みになろうとなさるのですか」

とて、鏡を見るままに、かかれば我もおびえて、鏡を投げ捨てて、

「いかになりたるぞや、いかになりたるぞや」

とて泣けば、家の内の人もゆすりみちて、

「これを、思ひ疎み給ひぬべき事をのみ、彼処には、し侍るなるに、おはしたれば、御顔のかくなりにたる」

とて、陰陽師《おんみやうじ》呼び騒ぐほどに、涙の落ちかかりたる所の、例の膚《はだ》になりたるを見て、乳母《めのと》、紙、おしもみて拭へば、例の膚になりたり。かかりけるものを、

「いたづらになり給へり」

とて、騒ぎけるこそ、かへすがへすをかしけれ。

鑑賞の楽しみ

構想　短い短編物語ですが、よく考えられた筋立てで書かれています。段落ごとにまとめてみると、

㈠　共に暮らして数年経った男と女が、少しさびれた下京あたりに住んでいました。男は別の女と親しくなり、それを知った元の女は、今のうちに身を引こうと思いました。奥ゆかしさのある女性として書かれています。

㈡　新しい女の親は、娘を男の家に連れて行くよう強引に言い張りました。考え深くなく思いやりに欠けた人たちに男は困惑しました。

㈢　男は元の妻のいる自邸に帰って来ました。妻がかわいそうに思われましたが、新しい妻をこの家に迎えると打ち明けました。元の妻は辛い気持ちをそぶりにも見

と言って、気の毒だと見ておりました。女は、
「早く馬を連れてお帰りなさい。待っておられるでしょう」
と言うと、「『どこにお泊まりなさったのか』など仰せられたら、何と申し上げましょう」
と童が言うと、女は泣く泣く「このように申し上げなさい」と言って、

いづこにか送りはせしと人問はば心はゆかぬなみだ川まで

(どこまでお送りしたかと尋ねる人がおりましたら、気が進まぬままなみだ川まで来てしまいましたと伝えて下さい)

と言うのを聞いて、童も泣く泣く馬に乗って、間もなく戻ってきました。

男の方はというと、ふと目を覚まして見上げると、月もようやく山《やま》の端《は》近くになっておりました。「おかしい。随分帰りが遅いなあ。遠い所に行ったに違いない」と思うと、女がかわいそうになって、

住み馴れし宿を見すててゆく月の影におほせて恋ふるわざかな

せず、身を引くことを伝えました。男がその場を離れると、お付きの女房と二人で泣いて過ごしたのでした。きれいに家の中を掃除して、大原のいまことという元の女房の家に行くことにしました。辛くても気丈にふるまい、身を引くことにしたのでした。

㈣ 家を出て行く妻を見送る場面。家を出る時の車を借りたいと妻は言い、簀子に座って一人悲しみの思いを歌に詠んでいると、男はどこに行くのか気になって見送りに来ました。牛車の手配が付かなかったので、手ずから妻を馬に乗せてやりました。月明かりに見える妻の様子は、言いようもなく美しいと男は思ったのでした。遠慮がちな妻の優美な姿と本来心やさしく好ましい男を交互に描き、互いの感情を盛り上げていく巧みな場面展開になっています。

㈤ 童と侍女をお供にはるばる大原を目指し、泣きながら行ったのでした。男は愛らしかった妻の事を思い出しながら童の帰りを待っていました。大原のいまこの家はとても小さな家でした。気の毒に思いながら伝言を聞くと、歌を詠みました。童は泣く泣く馬に乗って戻ってきました。

㈥ 男は月が山の端に沈むころ目を覚まし、ずいぶん遠くに行ったのだろうと思い、妻がかわいそうだと思いま

（住み慣れたこの家を見捨てて行ったお前を、山の端に近づいていく月影にかこつけて恋しく思っているよ）

と歌を詠んだところに、童が帰ってきました。

「どうしたのか。なぜ帰りがこんなに遅かったのか。行ったのはどこだったのか」

と尋ねると、童が先ほどの歌のことを話したので、男も悲しくなって泣きだしてしまいました。「私の前で泣かなかったのは、平気を装っていたのだなあ」とかわいそうに思ったので、

「行って連れ戻そう」と思って、童に言うには、

「それほどひどい所へ行くだろうとは、思わなかったよ。そんなところにいては、身もそこねて死んでしまうだろう。やはり連れ戻そうと思うよ」

と言うと、童が、

「道中ずっと泣き続けておいででした。もったいないお姿でした」

と言いました。それで男は、「夜が明けないうちに」と言って、この童をお供にしてあっという間に大原のいまこの家に到着しました。

㈦ 大原のその家は、小さくて荒れた家でした。涙川にやっと着きましたという歌を詠み、詫びを言いながらあっという間に妻を馬に乗せて、元の家に連れ帰ってきました。そして決してあの女の所には行かない、と言ったのです。新しい女の所には、まずいことができたと言い、連れて来ませんでした。元の妻はうれしいと思ったのでした。

した。帰ってきた童に尋ねると、涙川の歌を聞かされて、連れ戻そうと思いました。改めて心優しい妻であったと思い、すぐに迎えに行ったのです。

㈧ 男は思い立ったらじっとしていられない性格だったのか、突然新しい女の所に出かけました。昼間に突然男が現れたので、女はあわてて化粧を始めました。男はその女の顔を見て、驚きあきれて帰ってしまいました。

㈨ 女の両親は、すぐ帰るとは冷たいと思いながら娘の顔を見ると、驚いて倒れてしまいました。娘は自分の真っ黒な顔を鏡で見て、驚いて泣き出してしまいました。家中大騒ぎです。そのうち涙の跡が白くなっているので、白粉と間違えて掃《は》い墨を塗ってしまったという原因は分かったのですが、なんとも滑稽なお話でした。

構成を見ると、㈠㈡段落は登場人物の紹介で、男とその

それは、実に小さな荒れ果てた家でした。見るやいなや悲しくなって、戸を叩くと、女の方は到着した時から更に泣き伏していたので、「どなたですか」と尋ねさせると、あの男の声で、

涙川そことも知らずつらきせを行きかよひつつながれ来にけり
(涙川がどこにあるかもわからず、辛い川瀬をあなたを捜しながら行き来して、涙を流しながらたどり着きましたよ)

と言うのを、女は何も考えずに「あの男の声に似ているなあ」とあきれた思いで聞いたのでした。

「開けなさい」と言うので、あの男とは思えないけれど、戸を開けて中に入れました。すると、泣き伏した所に寄って来て、涙ながらに詫びの言葉を言うのでしたが、女は返事もせずに、泣くばかりなのでした。

「これ以上申し上げるべきことはありません。こんなひどい所だとは思わないで、送り出してしまいました。かえって私には、何もおっしゃらないあなたの心がとてもつらく情けない。すべてはゆっくり申し上げましょう。夜が明けないうちに」

と言って、女を抱きかかえて馬に乗せて、この家を出ていく妻の登場、そこに新しい女が登場します。何かが起きるだろうと読者は予想します。これが「起」、次に㈢㈣段落は「承」、元の妻が出て行くことになる場面展開、男と妻の気持ちも述べています。そして㈤㈥段落は、「転」、男と女の気持ちを述べて、突然男はがまんできず妻を迎えに行きます。まさに急転回です。㈦段落目は、「結」です。妻を自邸に連れ戻し、めでたしめでたし。妻はうれしくて夢のようでした。まだお話は終わっていません。㈧㈨段落は、男がその後新しい女の所には行くこともなく、途絶えたことがわかる落語の「落ち」のような滑稽な話で終わっています。序破急に例えれば、㈠㈡㈢㈣段が「序」、その話を受けて元の妻は別れるのかと思いきや、もとのさやにおさまる意外さが「破」、そして新しい女の失敗で急転回するのが、㈧㈨段の「急」ということになるのでしょう。

元の妻の悲劇が一転、読者はしみじみとした「あはれ」の心境になり、一件落着と思いましたが、新しい女は夫の急な来訪にあわてて、はい墨を顔に塗ってしまったという顚末に、読者は気の毒ながら喜劇的「をかし」の心境になってしまいました。

連想　この物語を読んですぐに思い当たるのは、『伊勢物語』二三段の「二人妻」の話です。自分の気持ちを素直に

きました。

女はあまりにも意外で、「どういう心境になったのかしら」とあきれながら元の家に帰り着きました。女を馬から降ろして、ともに二人は横になりました。いろいろと慰めの言葉をかけて、

「これからは、決してあの女のところへは行かないつもりだ。これほどまであなたは私を思って下さったのだから」

と、これ以上の女はいないと思って、家に連れて来ようとした女には、

「ここにいる人が病気になったので、時期が悪いでしょう。いろいろまずいと思われます。この時期が過ぎたらお迎えに参りましょう」

と言い送って、そのままこの家にばかりいたので、連れてくるはずだった女の父母は、嘆かわしいと思っていたのでした。元からの女は、夢のようにうれしいと思いました。


この男は、たいそうせっかちな性格だったので、

「ちょっとだけ行ってみよう」

と、新しい女のもとに、夜ではなく真っ昼間に入ってくるのを見て、侍女が女に、

「急に殿がいらっしゃいましたよ」

と言うと、女はのんびりくつろいでいた時だったので、あ

堂々と表現できる歌の上手な女性であり、夫の気持ちをくむことのできる心ばえのすぐれた、そして心用意のある愛すべき女性が、幸せを取り戻す話です。同系統の話が『大和物語』一四九段、『今昔物語』巻三〇の一〇・一一・一二話、本書の『このついで』の「火取り香炉」の話などです。それぞれの話を読み比べてみるのも、大変おもしろいと思われます。

それからまた妻が家を出ていく時の月明かりの中の美しい姿は、『伊勢物語』六九段のおぼろ月夜の暗がりに見た斎宮の美しい印象的なシルエットを連想します。各々の男の感動の場面がよく似ています。また親しい人の娘や家族と親しくなるという話は、『源氏物語』の「帚木」「空蝉」に登場する空蝉や軒端荻という女性と光源氏とのかかわりを連想させます。「橋姫」では宇治八の宮と知り合った薫の君が、八の宮の娘大君に心奪われる場面を連想します。それから同居していた妻が身を引く話は、『源氏物語』での〝真木柱〟の髭黒大将が玉鬘に夢中になり、本妻の北の方が邸を出て行く話や、『和泉式部日記』での敦道親王妃が邸を去る話を思い出します。

最後の段の驚くようなはい墨による結末は、平中譚の一つを素材にしたものと言われています。『古本説話集』一九「平中事」の後半部分のはい墨事件は、空泣きをする

わてて、

「どこどこ、どこにあるの」

と言って、櫛の箱を取り寄せて白粉をつけようと思って、取り違えて掃墨《はいずみ》（黛《まゆずみ》）の入った畳紙《たとうがみ》を取り出して、鏡も見ずに大あわてで、女は、

「『そこで、しばらくお待ちください。お入りにならないで』と殿に言いなさい」

と言いながら、めちゃくちゃに顔に塗りつけていると、男が、

「随分早くも私をお見限りですね」

と言って、簾をかき上げて入ってきたので、女は畳紙を隠していい加減になすりつけて、袖で口を覆い、何とか化粧をし終えたと思って、顔に斑《まだら》に指あとをつけて、目はきょろきょろとして、瞬《まばた》きして座っておりました。


男はそれを見てあきれて、めったにないことだ、どうしようと思うと恐ろしくて、近くに寄りもせず、

「わかった。もう少し経ってから参りましょう」

と言って、ちょっと見るのも気味が悪いので立ち去ったのでした。


女の父と母は、このように「男が来た」と聞いて、娘の所に来ましたが、

ために硯瓶に水を入れておいたが、墨を入れられたのも知らず袖で顔を拭いたので顔が真っ黒になってしまったという話で、これを参考にしたと思われます。

「もうお帰りになりました」

と言うので、父母は、

「なんとあきれた、冷たい御心だこと」

と思って、姫君の顔を見ると、「ひどく気味悪い顔になってしまった」とおびえて、父や母も倒れ伏してしまいました。娘は、

「どうして、そんなことをおっしゃるのですか」

と言うと、

「いったいそのお顔は……どうなさったのですか」

と、はっきり言い終えることもできません。

「おかしい。どうしてそんなことを言うのかしら」

と思って鏡を見ると、真っ黒な顔なので自分でも驚いて、
鏡を投げ捨てて、

「どうして？　どうしてこうなったの？」

と言って泣くので、家中の人も大騒ぎとなり、

「こちらの姫君を、殿がお嫌いになるような呪《のろ》いばかり、あちらの女がなさっている時に、殿がおいでになったので、姫君のお顔がこのようになってしまったのです」

と言って、陰陽師《おんみょうじ》を呼んで騒いでいるうちに、涙のこぼれた所がいつもの肌になっているのでした。それを見て、乳母が紙を押し揉んで拭うと、いつもの普通の肌になったのでした。

藤袴　ふじばかま　乾かすとよい香りがするので香草ともいう

ただこのような事情であっただけでしたのに。

「大切な姫君が台無しになってしまわれた」

と言って騒いでいたことこそ、返す返すも滑稽なのでした。

よしなしごと

よしなしごと

　ある人が大切に育てている娘と、身分の高そうな僧が、人目を忍んで付き合っているうちに、年の暮れに山寺に籠もると言って、「旅先の必要品として、筵《むしろ》・畳（薄縁《うすべり》）・盥《たらい》・半挿《はんぞう》（水を注ぐ容器）を貸してほしい」と言ってきたので、女は、長筵《ながむしろ》や何やかや揃えて送ったのでした。それを、女が師と仰ぐ僧が聞いて、「私も何か物を借りてやろう」と言って、書いてやった手紙の文章のあまりの面白さに、ここに書き写しました。僧侶に似合わずあきれた文章です。唐土《もろこし》・新羅《しらぎ》に住む人、それから不老不死の常世《とこよ》の国にいる人、我が国の山中に住む身分の低い人、官庁の奴僕《ぬぼく》で物を欲しがる人などが、こういう言葉を使うようです。いやそういう人さえこんな言葉は使わないでしょう。

　すだれ編みの翁は、角大師《かくだいし》の娘と浮名を流し、身分も低く貧しい中にも、子どもの成長する楽しみがありました。それに比べて、気持ちの上で私の方がずっと劣っているとお思いになるでしょうが、仕方のないこととおくみ取りください。

　世の中は心細く悲しいもので、会う人、話に聞く人は朝

原文

　人のかしづく女《むすめ》を、故だつ僧忍びて語らひけるほどに、年のはてに山寺に籠《こも》るとて、「旅の具《ぐ》に、筵《むしろ》・畳《たたみ》・盥《たらひ》・匜《はんざふ》貸せ」と言ひたりければ、女、長筵《ながむしろ》、何やかや供養したりける。それを、女の師にしける僧の聞きて、「我も、物借りにやらむ」とて、書きてやりける文の言葉のをかしさに、書き写して侍るなり。世づかずあさましきことなり。唐土《もろこし》・新羅《しらぎ》に住む人、さては、常世《とこよ》の国にある人、我が国にはやまかつ、みやつこの乞ひまろなどや、かかる言葉は聞ゆべき。それらだにも。

　すだれ編みの翁《おきな》は角大師《かくだいし》の女《むすめ》に名立ち、賤しき中にも、子どもの生ひさき侍りけるになむ。それにも劣りたりける心かなとは思すとも、理《わり》なき事の侍りてなむ。

　世の中の心細く悲しうて、見る人聞く人は、あしたの霜と消え、ゆふべの雲とまがひて、いとあはれなる事がちにて、「あるは少く、なきは数添ふ世の中」と見え侍れば、「我が世や近く」とながめくらすも、心地つくしくだく事がちにて、「猶、世こそ、電光《いなびかり》よりもほどなく、風の前の火より消え易きものなれ」とも、うらがなしく思ひつづけられ侍れば、「吉野の山のあなたに家もがな、世の憂き時の隠家《かくれが》に」と、際高《きはだか》く思ひ立ちて侍るを、いづこに籠り侍らまし。

　富士の嶽《たけ》と浅間の峰とのはざまならずば、竈山《かまやま》と日の御崎との絶え間にまれ、さらずば、白山《しらやま》と立山《たてやま》との、いきあひの谷にまれ、又、愛宕《おたぎ》と比叡《ひえ》の山との中あひにもあれ、人のたはやすく通ふまじからむ所に、跡を絶えて籠り居なむと思ひ侍るなり。此の国はなほ近し。唐土《もろこし》の五台山、新羅《しらぎ》の峰にまれ、それも猶けぢかし。天竺《てんぢく》の山、鶏の峰の岩屋にまれ、籠り侍らむ。それも猶土《つち》近し。雲の上にひらき登りて、月日の中にまじり、霞の中に飛び住まばやと思ひたちて、このごろ出で立ち侍るを。何方《いづち》まかるとも、身をすてぬものなれば、いるべきものども多く侍る、誰にかは聞えさせむ。年頃も御覧じて久しくなりぬ。情ある御心とは聞

の露のように消え、亡きがらの火葬の煙は夕べの雲と間違えるほどで、しみじみと悲しいことばかりが多く、「生きている人は少なく、亡くなった人は数を増すのが世の中」と見受けますので、「我が世や近く」と出家も近いとぼんやり暮らしています。しかし、必死で生きることばかりで、「やはりこの世は、電光よりも短く、風前の灯よりもはかなく消えやすい」などと心悲しく思い続けずにはいられません。「吉野の山の彼方に家が欲しい。この世のつらい時の隠《かく》れ家《が》にしよう」と志高く決心しましたが、どこに籠もったらよいでしょうか。

　富士の嶽《たけ》と浅間の峰との間でないとすれば、竈山《かまやま》と日《ひ》の御崎《みさき》との間の途切れた所であろうが、そうでなければ白山と立山との接する所の谷間であろうと、また愛宕《あたご》と比叡《ひえ》の山との中間であろうと、人が容易には通えそうにない所に姿をくらまして籠もっていようと思ったのです。しかしこの国は近すぎます。唐土の五台山《ごだいさん》、新羅の峰であろうと、いやそれでもやはり近すぎます。仏の生誕の地天竺《てんじく》の山、仏教の聖地鶏足山の岩屋であろうと、そこに籠もりましょう。いやそれでもまだ俗界に近すぎます。雲の上にかき分け登り、月と日の間に交じり、霞の中に自在に飛びながら住みたいと思い立って、最近出発の準備をしております。

き渡りて侍れば、かかる折だに聞えむとてなむ。旅の具にしつべき物どもや侍る。貸させ給へ。まづいるべき物どもよな。

　雲の上にひらきのぼらむ料《れう》に、天の羽衣《はごろも》一つら、料に侍る、求めてたまへ。それならでは、ただの袙《あこめ》・衾《ふすま》。せめて、なくは、布の破襖《やれあを》にても。又は、十余間《けん》の檜皮屋《ひはだや》一、廊《らう》・寝殿・大炊殿《おほゐ》・車宿りもよう侍れど、遠きほどは所狭かるべし。唯、腰にゆひつけてまかるばかりの料に、やかた一つ。

　畳などや侍る。錦端《にしきはし》・高麗端《かうらいはし》・繧繝端《うけんはし》・紫端《むらさきはし》の畳。それ侍らずば、布縁《ぬのべり》さしたらむ破畳《やれだたみ》にてまれ貸し給へ。玉江《たまえ》に刈る真菰《まこも》にまれ、逢ふこと交野《かたの》の原にある菅薦《すがごも》にまれ、唯、あらむを貸し給へ。十布《とふ》の菅薦な賜ひそ。

　筵は荒磯海《あらいそうみ》の浦にぞ刈るなる出雲筵《いづもむしろ》にまれ、生《いき》の松原のほとりに出で来なる筑紫筵にまれ、みなとが浦に刈るなる上《かみ》つ総《ふさ》筵にまれ、底いる入江に刈るなる田並《たなみ》筵にまれ、七条の縄筵にまれ、侍らむを貸し給へ。またきなくは、破《やれ》筵にても貸し給へ。

　屏風《びやうぶ》もよう侍り。唐絵《からゑ》・大和絵《やまとゑ》、布の屏風にても、もろこしの黄金《こがね》を縁《へり》に磨きたるにてもあれ。新羅《しらぎ》の玉を釘に打ちたるにまれ。これらなくは、網代屏風の破《や》れたるにもあれ。貸し給へ。盥《たらひ》や侍る。丸盥にまれ。うち盥にもあれ。貸し給へ。それなくは、かけ盥にまれ。貸し給へ。けぶりが崎に鋳《い》るなる能《の》登《と》鼎《かなへ》にてもあれ。真土《まつち》が原に作るなる讃岐《さぬき》釜《がま》にもあれ。石上《いそのかみ》にあなる大和鍋《やまとなべ》にてもあれ。筑摩《つくま》の祭に重ぬる近江鍋《あふみなべ》にてもあれ。葛葉《くずは》の御牧《みまき》に作るなる河内鍋《かうちなべ》にまれ。いちはらにうつなるさがりにまれ。富《とむ》、片岡に鋳るなる鉄鍋《かななべ》にもあれ。飴鍋《あめなべ》にもあれ。貸し給へ。

　邑久《おほく》につくるなる火桶《ひをけ》・折敷《をしき》もいるべし。信楽《しがらき》の大笠、あめのしたの連《つが》り蓑《みの》も、たいせちなり。いよ手箱、つくし皮籠《かはご》もほしく侍り。せめては浦島の子がこ箱にまれ。しかの皮袋にまれ。貸し給へ。

どこへ行こうとも身を捨てるわけにはいかないものなので、入用なものなどは、たくさんあります。誰にお願いしたらよいのかわかりません。あなたとは懇意にしていただいて久しくなりました。情け深いお心だとはずっと存じ上げておりましたので、せめてこのような時にでもお願いしたいと思ったのです。

旅の用具とすべきものなどはございますか。お貸し下さい。まず必要な品々はですね。

雲の上にかきわけのぼるための物として、天の羽衣一つ必要なので、探し求めていただきたい。それでなくては、ただの袙《あこめ》と寝具、なければせめて破れた布の寝具でもかまいません。

又は、十余軒の檜皮葺《ひわだぶき》の家一軒、廊《ろう》・寝殿《しんでん》・大炊殿《おおいどの》・車宿りも必要ですが、遠い場合は面倒でしょう。とすると、ただ腰に結び付けて行き来できる物として、屋根のついた牛車《ぎっしゃ》一つで結構です。

畳などはありますか。錦縁《にしきべり》・高麗縁《こうらいべり》・繧繝縁《うげんべり》・紫縁《むらさきべり》の畳。それがなければ布縁《ぬのべり》つけた破れ畳でもいいですから貸して下さい。玉江に刈る真菰《まこも》でも、思い人に会うことが難しいという片野の原にある菅薦《すがごも》でもいいですから、ただある物をお貸し下さい。幅の広い十布《とふ》の菅薦は、お断りです。

侘《わび》しき事なれど、露の命絶えぬ限りは、食《く》ひ物《もの》もよう侍り。妙香合子《めうかうかっし》の信濃梨《しなのなし》、何鹿山《いかるがやま》の枝栗《えだくり》、三方《みかた》の郡の若狭椎《わかさじひ》、天の橋立の丹後《たご》和布《め》、出雲の浦の甘海苔《あまのり》、枝橋の賀茂《かも》糫餅《まがり》、若江の郡の河内蕪《かうちかぶら》、野洲《やす》・栗太《くるもと》の近江餅《あふみもちひ》、小松《こまつ》・加太《かぶと》の伊賀乾瓜《ほしうり》、翔《か》け鷹《たか》が峰の松の実、道の奥の島のうべあけび、と山の柑子《かうじ》橘《たちばな》、これら侍らずば、やもめの辺《わたり》の熬豆《いりまめ》などやうの物、賜はせよ。

いでや、いるべき物どもいと多く侍り。せめては、ただ、足鍋《あしなべ》一つ、長筵《ながむしろ》一つら、盥一つなむいるべき。もし、これら貸し給はば、すずろならむ人にな賜ひそ。ここに使ふ童、大空のかげろふ、海の水の泡《あわ》といふ、二人の童《わらはべ》に賜へ。

出で立つ所は、科戸《しなど》の原の上《かみ》の方《かた》に、天の河のほとり近く、鵲《かささぎ》の橋づめに侍り。そこに必ず送らせ給へ。此れ等侍らずば、え罷《まか》りのぼるまじきなめり。世の中に、物のあはれ知り給ふらむ人は、これらを求めて賜へ。猶、世を憂しと思ひ入りたるを、諸心《もろごころ》にいそがし給へ。

かかる文など、人に見せさせ給ひそ。「福つけかりけるものかな」と、見る人もぞ侍る。御かへりは空によ。ゆめゆめ。

徒然《つれづれ》に侍るままに、よしなき事ども書きつくるなり、聞く事のありしに、いかにいかにぞやおぼえしかば。風のおと、鳥のさへづり、蟲の音《ね》、波のうち寄せし声に、ただ添へ侍りしぞ。

鑑賞の楽しみ

構想　本文は、短編物語の形式ではなく、ある僧が弟子の女に宛てた手紙文の体裁を執っています。段落ごとにまとめてみると、

筵《むしろ》は荒磯海《ありそうみ》に刈って作るという出雲《いずも》筵でも、生《いき》の松原《まつばら》のほとりで作られるという筑紫筵《つくしむしろ》でも、みなとが浦で刈って作る上《かみ》つ総筵《ふさむしろ》でも、底干《ひ》る入り江で刈るという田《た》並《なみ》筵でも、七条の縄《なわ》筵でもいいですから、手持ちの物をお貸し下さい。完全なものがない時は、破《やぶ》れ筵《むしろ》でもいいですからお貸し下さい。

屏風も必要です。唐絵・大和絵、布の屏風であっても、唐土の黄金《こがね》を縁につけて磨き立てたものでも、新羅の玉を飾り釘《くぎ》として打ったものでも結構です。これらがない時は、網代《あじろ》屏風の破れたものでも結構です。お貸し下さい。盥《たらい》はお持ちですか。柄《え》のない丸盥でも、金盥《かなだらい》でも結構ですからお貸し下さい。それらがない時は欠けた盥でも結構です。お貸し下さい。

けぶりが崎で鋳《い》るという能登鼎《かなえ》でも、真土《まつち》が原で作るという讃岐《さぬき》釜でも、石上《いそのかみ》にあるという大和《やまと》鍋であっても、筑摩《つくま》の祭に重ねる近江《おうみ》鍋であっても、葛葉《くすは》の御牧《みまき》で作るという河内《こうち》鍋でも、いちはらで打って作るという鉄鍋でも、富《とむ》・片岡で鋳《い》るという鉄鍋でも結構です。飴鍋でもいいですからお貸し下さい。

邑久《おおく》で作るという火桶《ひおけ》・折敷《おしき》も必要でしょう。信楽《しがらき》の大笠、雨降り時の連《つ》がり蓑《みの》も大切です。

一、序文　前置き　ある僧がこの手紙を書いたわけ、それは、弟子の女が、夫の僧が山寺に籠もる時の生活用品をそろえてやったという話を聞いて、羨ましさと同時に忠告の意味も込めて、自分にも送ってほしいという手紙文ですよ、と説明しているのです。その手紙があまりにも奇想天外で面白いので、ここに書き写しました、とも言っています。書き写したのは、女の何らかの関係者でしょうか。

二、手紙文の書き出し。出家願望に至る心の推移。

三、隠遁する場所の選定。日本の山々、近すぎる。唐土《もうこし》・新羅《しらぎ》の山々、天竺の山、鶏足山、近すぎる。月と日の間、霞の中がよい。いろいろ考えて、結論はあり得ない場所でした。

四、旅の用具をお貸し下さい。天の羽衣、寝具、家一軒、車宿り、牛車。畳、なければ片野の原の菅薦《すがごも》、筵《むしろ》、なければ破れ筵でも。最初に無理な物、大きな物、豪華なものを挙げたが、無ければ何でもよい。はるか時空を超えた旅のイメージ。

五、生活の日用調度品。屏風、盥《たらい》、釜、鍋、火桶《ひおけ》、折敷《おしき》、傘、蓑《みの》、各々産地指定、お貸し下さい。当時の物づくりの品々、産地がわかって面白い。

六、頼みにくいが、生きるために必要な食料も必要。各地伊予の手箱、筑紫の皮籠《かわご》もほしいです。それらが無ければ、せめて浦島の子の小箱でも、鹿の皮袋でもいいです。お貸し下さい。

頼みにくいことですが、露のようにはかない命が絶えない限りは、食べ物も必要です。妙香合子《みょうこうかっし》の信濃梨《しなのなし》、何鹿《いかるが》山《やま》の枝栗《えだぐり》、三方《みかた》の郡《こおり》の若狭椎《わかさじい》、天の橋立の丹後《たんご》わかめ、出雲《いずも》の浦の甘海苔《あまのり》、枝橋《えだはし》の賀茂まがり餅、若江の郡の河内《こうち》蕪《かぶら》、野洲《やす》・栗太《くるもと》の近江餅、小松・加太《かぶと》の伊賀乾瓜《ほしうり》、翔《か》け鷹《たか》が峰《みね》の松の実、道の奥の島のうべあけび、と山の柑子《こうじ》橘《たちばな》、これらがない場合は、後家さんあたりにあるいり豆のような物をいただきたい。

いやもうこうなると、必要なものは、たくさんございます。せめてはただ足つき鍋一つ、長筵一つ、盥一つは必要です。もしこれらを貸していただけるなら、いい加減な人にはお渡し下さいますな。私が使っている童の大空のかげろふ、海の水の泡という二人の童に渡して下さい。

出発するところは、科戸《しなど》の原《はら》の上《かみ》の方で天の川のほとり近く、鵲《かささぎ》の橋のたもとです。そこに必ずお送り下さい。これらがなければ、天に昇ることはできないでしょう。こ

の名産海山の産物。当時の各地の名産品がわかって興味深い。

七、必要なものはたくさんあるが、せめて鍋・筵《むしろ》・盥は必要です。二人の童に渡してほしい。最低限これだけは欲しい。

八、出発地と受け渡しについて。この手紙を決して他人には見せないこと。出発地が天の川の近くでは送るに送れませんね。

九、跋文　この手紙を書いた師の僧の言い訳。

以上のようにまとめられるでしょう。所望するものが、あまりに荒唐無稽で、納得するというよりも、冗談としゃれの面白さに引き込まれてしまいます。あきれてふざけている、馬鹿げている、と思う読者もいることでしょう。それで題名も「よしなしごと」、取留めなくくだらないことというのでしょう。

連想　この手紙文を書いたのは、女の師でもある僧侶であるということで、かなりの知識人であったと思われます。二段落目の文章は、さまざまの出典からの引用であると思われます。本文の〝夕べの雲〟は、『新古今和歌集』巻十八　周防内侍　の

1746　かくしつつゆふべの雲となりもせばあはれかけ

の世の中で物のあわれをご存じの方は、これらを探してお貸し下さい。私はやはり、この世は憂しと思っていますので、私と同じ心になって急いで下さい。

　このような手紙など、人には決して見せないで下さい。「欲張ったものだなあ」と見る人もおります。お返事は、空に下さい。ゆめゆめ人には見せないで下さい。

　退屈なまま、つまらないことを書きつけました。あなたの噂を聞きつけましたが、いったいどうしてと思いましたので。風の音、鳥のさえずり、虫の音、波の打ち寄せる音に添えて、あなたに申し上げました。

　　てもたれかしのばん

という歌のイメージ。〝あるは少なく、なきは数添ふ世の中〟は、『栄花物語』巻四　みはてぬゆめ　の紫式部の叔父為頼と小大君との歌のやり取りで、小大君の返歌、

　　あるはなくなきは数そふ世の中にあはれいつまであらんとすらん

この歌のイメージを拝借しているようです。また、〝我が世や近く〟は『続古今和歌集』巻十九雑下　藤原知家　の、

　　そむくべき我が世や近くなりぬらむ心にかかる峯の白雲

を思い起こし、〝吉野の山のあなたに家もがな〟は、『古今和歌集』巻十八雑下　読み人知らず　の、

　　み吉野の山のあなたに宿もがな世の憂き時のかくれがにせむ

を、イメージはもちろん言葉そのまま使用しています。

　調度品から煮炊き用の必需品から、果ては食料、各地の名産品までよくまあご存じで、と読者はあきれるほど感心してしまいます。その上、読者には各々の思い出につながる産品もあるかもしれません。読者個々の連想が広がるかもしれません。それもまた楽しいのではないでしょうか。

女郎花　おみなえし　秋の七草のひとつ。昔から人々に親しまれた

おわりに

「福島古典の会」や「古典に親しむ会」で、仲間の人たちと楽しく読んできた『堤中納言物語』をまとめてみようと思い、この『堤中納言物語を楽しむ』を出版しました。以前『伊勢物語を楽しむ』を出版しましたので、そのシリーズのようなものです。この本で十篇の短編物語を味わい楽しんでいただければ幸いです。

三十数年前から、福島市のあちこちの公民館で『堤中納言物語』を読んできました。短編であるがゆえに読み易く、各々個性に溢れ、あらまあと驚き呆れる結末の作品はありましたが、後味の良くない作品はなく、何度読んでも楽しいものでした。親と夫の介護の合間に少しずつ現代語訳を書き溜め、鑑賞の楽しみを書いてきました。コロナ禍の今年、自宅で過ごすことが多くなり、思いきってまとめて本にすることにしました。以前お世話になった角川学芸出版にお願いしようと思いましたが、既にその会社はなくなったとのことで、著者自身だけで出版することになりました。

幸い現在まで続いている「古典に親しむ会」の仲間の皆さんのご協力で、彩りを添えることができました。表紙の題字は菅野光子さんに、十篇の短編物語の題字は、橋本ひろゑさんにお願いしました。写真は、渡辺キヨ子さんに提供いただきました。本当にありがとうございました。

なお表紙の絵は、高校時代の同級生で世界各地で個展を開催している「わらべ絵」の伊藤久美さんに特別に描いていただきました。感謝いたします。

新しくお世話になりました東京図書出版関係の皆様、細やかな御配慮本当にありがとうございました。

二〇二一年　六月

参考資料

角川文庫『堤中納言物語』山岸徳平訳注　角川書店
鑑賞日本古典文学『堤中納言物語』三谷栄一編　角川書店
日本古典文学全集『堤中納言物語』稲賀敬二訳注　小学館
日本古典文学全集『大鏡』訳注　橘　健二　小学館
講談社学術文庫『堤中納言物語』三角洋一　校注・記　講談社
知の遺産シリーズ『堤中納言物語の新世界』横溝博・久下裕利編　武蔵野書院
『堤中納言物語の真相』後藤康文　武蔵野書院
日本古典文学全集『源氏物語』訳注　阿部秋生・秋山虔・今井源衛　小学館
『新編国語便覧』秋山　虔編　中央図書
『新編国歌大観第五巻　歌合編』角川書店
新日本古典文学大系『古今和歌集』他　岩波書店

半澤　トシ（はんざわ　とし）

1942年　福島県郡山市生まれ
1965年　東京女子大学日本文学科卒業
　　　　中古文学会員
主要論文「枕草子段構成試論」
　　　　日本文学研究資料叢書『枕草子』所収
　　　　有精堂
主要著書『伊勢物語を楽しむ』角川学芸出版
　　　　『源氏物語 ── 浮舟の心の軌跡』印刷
　　　　第一印刷

堤中納言物語を楽しむ

2021年10月14日　初版第1刷発行

著　者　半澤トシ
発行者　中田典昭
発行所　東京図書出版
発行発売　株式会社 リフレ出版
〒113-0021　東京都文京区本駒込 3-10-4
電話 (03)3823-9171　FAX 0120-41-8080
印　刷　株式会社 ブレイン

ISBN978-4-86641-437-9 C0095
Printed in Japan 2021